貝倫這時看見了在暮色裡跳舞的緹努維爾。

但泰維多已經瞥見她縮在那裡。

樹上不見樹葉，只有黑鴉／如樹葉般密密麻麻踞在枝頭。

此刻他們被惡狼圍在中央／擔憂自身下場。

兄弟二人騎馬離去，卻狡詐地回身放冷箭。

死寂的夜裡／在苦難的橋上，她身披斗篷／坐下歌唱。

眾鷹之王俯衝而下／猛然低頭。

在他眼前翩躚／空中她將錯綜複雜的舞步輾轉。

那正在西方閃爍的，必是一顆精靈寶鑽吧！

J.R.R.
TOLKIEN

J.R.R.
TOLKIEN
貝倫與露西恩
BEREN AND
LÚTHIEN

托爾金　著

克里斯多福．托爾金　編

艾倫．李　圖

石中歌、杜蘊慈、鄧嘉宛　譯

給貝莉（Baillie）

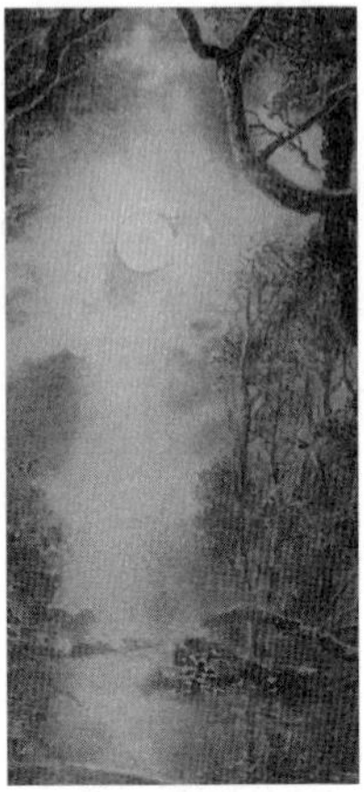

目次

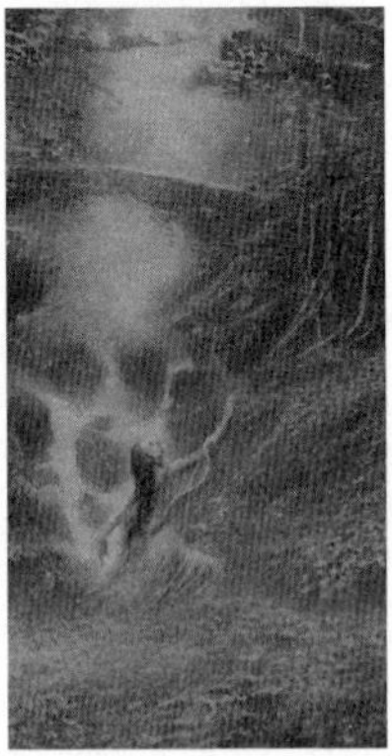

編者序

克里斯多夫．托爾金

在一九七七年《精靈寶鑽》出版之後，我花了數年時間研究這套作品的早期歷史，並且寫了一本我稱之為《精靈寶鑽的歷史》的書。後來，這本書（稍經縮減）變成了《中洲歷史》頭幾卷的基礎。

一九八一年，我終於給喬治．艾倫與昂溫出版社的董事長雷納．昂溫寫信，向他介紹了我過去在做，當時仍然在做的工作。那時，我告知他這本書長達一九六八頁，厚達十六．五英寸，顯然不適合出版。我對他說：「如果你真見到這本書，你就會立刻明白我為什麼說它無法用任何可以想像的方式出版。關於原文考訂和其他內容的探討過於詳細、瑣碎，篇幅則令人望而生畏（而且還會變本加厲）。我編寫這本書，部分出於盡職敬業帶給自己的滿足感，同時也因為我想知道這一整套構思到底是如何從最初的源頭演變而來的。……

「如果這種探討真有前景，我想盡可能地確保，將來任何對J．R．R．托爾金『寫作史』的研究，都不會弄錯它的真正演變過程，以至於變成無稽之談。家父很多文稿的混亂無序與棘手本質，簡直怎麼形容都不為過（改動一層疊一層地寫在同一頁手稿上，要緊線索卻寫在歸檔文稿中隨處可見的零散紙片上，文本寫在其他作品的背面，手稿順序錯亂、分散擱置，有些地方的字跡近乎或完全不可能辨認）。……

「理論上，我可以根據《精靈寶鑽的歷史》編成很多本書，可行的選擇相當多，還可以排列組合。例如，我可以選『貝倫』為題，用最初那個『失落的傳說』[1]、《蕾希安之歌》外加一篇討論傳奇演變的文章來編一本書。如果這樣的計畫真能敲定，我多半不會一舉刊出全部失落的傳說，而更希望把單獨一個傳奇故事作為一個發展中的實體來對待。但若是這樣，詳細解說會有極大難度，因為不得不過於頻繁地解釋故事在別處，在其他未曾發表的文稿裡是何面貌。」

當時我說，我會欣然依照我所建議的方式，編寫一本題為「貝倫」的書，但「問題是它該如何組織，才能做到無需編者過度干涉也能讓人把書看懂」。

當年我寫下這些話，是在如實表達我對出版的看法。我曾以為那根本不可能，至多像我提議的那樣，選擇一則單獨的傳奇，「作為一個發展中的實體來對待」。現在看來，我所做的與此全然無異，雖然我根本沒想到三十五年前自己在信中對雷納・昂溫說過的話——我已經徹底忘了那封信，直到本書幾乎完成的時候，我才偶然看到了它。

然而，我的原始構想和它之間有實質上區別——大背景的不同。從我提出原始構想到現在，關於第一紀元或遠古時代的巨量手稿，有很大一部分已經以嚴密、詳細的形式編輯成冊，並出版了，主要收錄在《中洲歷史》十二卷中。那個我貿然向雷納・昂溫提出，專門出一本「貝倫」故事演變集作為可能的出版選擇的想法，在當年可以讓大批不為人知且外人閱讀不到的文稿得見天日。但在今天，這本書已經不能提供哪怕一頁不曾出版的原始作品了。既然如此，有什麼必要再出版呢？

我會努力提供一個（必然很複雜的）答案，或好幾個。首先，那些已經編輯成冊的書，有一方面的目的在於恰當地呈現文稿，以展示家父那種顯然不尋常（實際上常常是外部壓力導致）的創作模式，借此發掘出一個故事所經歷的一系列發展階段，並驗證我對證據的解釋。

與此同時，《中洲歷史》裡的第一紀元，在那些書中是被作為雙重意義上的「歷史」來構思的。它的確是一部歷史，一部關於中洲眾生和大事的紀事，但它也是一部在過去歲月中不斷變化的文學構思的歷史。因此，貝倫和露西恩的故事綿延多年，在若干本書裡出現過。此外，由於這個故事變得與緩慢演變的「精靈寶鑽」傳奇息息相關，並且最終變成了其中的關鍵部分，它的發展變化也被記錄了在一系列主要涉及整段遠古時代歷史的手稿中。

由此可見，單把貝倫與露西恩的故事看作一份成熟的記載，要在《中洲歷史》裡循其軌跡，並非易事。

在一封寫於一九五一年，經常被引用的信[2]中，家父稱貝倫與露西恩的故事是「《精靈寶鑽》的核心故事」，而他對貝倫的評論是：「身為凡人的亡命之徒貝倫，在露西恩的幫助下（她雖貴為精靈公主，也不過是個少女），成功做到了所有大軍和勇士都未能做到的事——他闖進了大敵的堡壘，從鐵王冠上取下了一顆精靈寶鑽。他因而得以迎娶露西恩為妻，達成凡人和不朽種族之間的第一次聯姻。

1 最初版本的《精靈寶鑽》傳奇故事集，題為《失落的傳說》。

2 譯者注：參見《托爾金書信集》，信件一三一號。

「這樣一個英雄奇譚浪漫故事（我認為它美麗又富有感染力），本身只需要非常浮泛的背景知識便能被人接受。但它在整套故事中又是根本的一環，脫離了它在其中的位置，便剝奪了它的完整意義。」

其次，我編輯本書也有雙重目的。一方面，我力圖把貝倫與緹努維爾（露西恩）的故事分離出來，使之獨立成篇，且要（在我看來）儘量沒有歪曲。另一方面，我希望展現出這個基本故事在漫長年歲中的演變。我在為《失落的傳說》上卷撰寫的前言中，是這麼評論故事中的變化的：

> 在中洲歷史的歷史當中，演變幾乎從來不曾通過徹底的摒棄達成。不同階段的微妙轉變要常見得多，也正因此，傳奇的發展（例如納國斯隆德的故事和貝倫與露西恩的故事建立聯繫的過程，儘管《失落的傳說》中已經出現了這兩者，但雙方之間的聯繫卻完全無跡可循）看起來就像在不同人群當中流傳時所經歷的，如同眾多頭腦、歷經諸多世代的產物。

本書的一項關鍵特色，就是用家父自己的語言來展示貝倫與露西恩的傳奇的發展變化，因為我編輯本書的方法，是從長年累月寫就的更長的散文與詩歌手稿中選取一些段落。

如此一來，那些描寫詳盡或戲劇般直觀的段落也得以重見天日，它們曾被埋沒在海量的，以文風簡明扼要為特色的「精靈寶鑽」記載中。故事中甚至還能發現一些後來徹底消失了的情節，貝倫、費拉貢德和同伴們扮成奧克，被死靈法師夙巫（初次在故事中出現的索隆）盤問的過程就是一例，還有故事中登場的那位可怕的貓王泰維多——泰維多這個角色的文學生命雖短，卻顯然值得留意。

最後，我要引用我的另一篇序言，就是為《胡林的子女》（聯經，二〇〇八）所寫的那篇：

> 不可否認，有極大一批《魔戒》讀者全然不瞭解遠古時代的傳說，只聽說它們文體陌生，晦澀難懂。

同樣不可否認的是，《中洲歷史》相關幾卷呈現出的面貌，極可能具有令人望而生畏的一面。這是因為，家父的創作方式本質上就充滿疑難，而《中洲歷史》的一個主要目的就是努力理清這團亂麻，（表面上像是）借此將遠古時代的傳說展示為一系列不斷變動的創造。

我相信家父在解釋一個傳說中某個被拋棄的元素時，可能會說：我最終發現，情況不是那樣；或者，我意識到那個名稱並不正確。變動儘管存在，但不應被誇大，因為仍有偉大、本質的內容恆定不變。但我在編輯本書時，的確抱著這樣的希望，那就是它能展現：一個歷經多年變化與成長的中洲古老傳奇的創作經過，是如何反映了作者搜尋一種更符合他所渴望的神話表現方式的歷程。

我在一九八一年給雷納．昂溫寫信時已經意識到，如果我把題材限制在組成《失落的傳說》的傳奇當中的一個，那麼「詳細解說會有極大難度，因為不得不過於頻繁地解釋故事在別處，在其他未曾發表的文稿裡是何面貌」。事實證明，《貝倫與露西恩》這本書準確驗證了我的預測。我必須找到某種解決方案，因為貝倫與露西恩並非橫空出世，孤立存在於空蕩蕩的舞臺上，與朋友和敵人一同生活、相愛並死去。因此，我採用了自己在《胡林的子女》中用過的解決方案。我在為那本書寫的序言中說：

> 因此，從家父自己的說法來看，假如他能寫出符合期望中篇幅的最終定稿，他無疑會把這三部屬於遠古時代的「偉大傳說」（「貝倫與露西恩」、「胡林的子女」，以及「剛多林的陷落」）視為自身足夠完整的作品，不必瞭解那部得名《精靈寶鑽》的傳奇的浩繁內容就可閱讀。另一方面……《胡林的子女》這個傳說與遠古時代精靈和人類的歷史息息相關，必然會大量提及源自那個更龐大的故事的事件與背景。

因此，我「對遠古時代接近尾聲之際的貝烈里安德，以及生活在那片土地上的居民進行了十分簡略的介紹」，並且提供了「一份包含文中出現的全部名稱的清單，每個名稱都附有簡要的說明」。在本書中，我經過調整、縮減，沿用了《胡林的子女》中那份簡略的介紹，並且同樣提供了一份文稿中出現的全部名稱的清單，不過在這份清單中，名稱說明的性質不拘一格。這些補充材料並不是至關重要的，只是為了在讀者需要時提供協助。

我還要再指出一個問題，就是名稱的頻繁變化。寫於不同日期的文本包含不同的名稱，精確一致地追蹤這些名稱的先後順序，無助於本書的目的。因此，我沒有就此遵循任何規範，只區分了某些個案中的舊名和新名，但對其他個案，我出於各種原因未加區分。有相當多的個案，家父在日後，甚至很久以後會改動手稿裡的名稱，但不見得一以貫之，例如，Elfin 被改為了 Elven。我對這類個案選定了統一的形式——以 Elven 取代 Elfin，以 Beleriand 取代了早期的 Broseliand。但對其他個案，我將兩者都加以保留，如 Tinwelint/Thingol、Artanor/Doriath。

綜上，本書雖然來源於《中洲歷史》，目的卻完全不同。必須強調的是，它並非那十二卷書的輔助。本書是一項嘗試：從一部豐富與複雜程度都非同小可的龐大作品中，提取一個故事元素，但那個故事——貝倫與露西恩的故事——本身一直在演變，並且在變得更契合歷史大背景的同時，發展出了新的關聯。決定那「一整個」古老世界的哪些部分應當包括，哪些應當排除，只能依靠個人判斷，結果也常常值得商榷。在這樣的嘗試中，「正確的方式」是不可能存在的。然而，一般來說，我傾向於保證清晰的一面，克制解說的衝動，因為我擔心破壞本書的主要目的與方法。

我已經步入人生的第九十三個年頭，（不出意外的話）我基於家父生前泰半不曾發表的文稿所編的一長串作品，將以本書作結，它本身也確有特殊之處。我之所以選擇這個傳說，是出於紀念的目的，因為它在家父的人生中是根深蒂固的存在，他對他稱為「最偉大的埃爾達」的露西恩與凡人貝倫的結合，對他們的命運以及他們的第二次生命，曾有專注深刻的思考。

它在我的人生中也有悠久的歷史，因為在我聽過的故事當中，第一個我能真正憶起其中的某個元素，而不是單純記住了講故事那一幕畫面的就是它。上世紀的三十年代初，家父曾不依賴任何文稿，口頭把它或它的片斷講給我聽。

那個我至今猶記的故事元素是我想像中狼的眼睛，當它們一隻又一隻地現身在夙巫黑暗的地牢中時。

在家母去世之後那一年，也就是家父去世的前一年，他給我寫了一封信[3]。信中提到她時，他表達了錐心的喪偶之痛，還寫了他希望把「露西恩」銘刻在墓碑上她的名字底下。如本書第二四頁的引述，他在那封信中回憶了貝倫與露西恩的故事源於何處──在約克郡的魯斯附近，她曾在一小片開滿了野芹花的林中空地上翩然起舞。他說：「但是故事脫離了正軌，我被拋下了，而我無法去鐵面無情的曼督斯面前懇求。」

3 譯者注：參見《托爾金書信集》，信件三四〇號。

關於遠古時代的說明

《魔戒》書中有一段令人難忘的敘述，傳達了這個故事回溯的時光多麼久遠——在幽谷召開的偉大會議上，埃爾隆德提到了三千多年前精靈與人類的最後聯盟，以及第二紀元末索隆的潰敗：

說到這裡，埃爾隆德沉默片刻，歎了口氣：「他們那燦爛鮮明的旗幟，我記憶猶新。如此眾多的偉大王侯與將領齊聚，讓我回想起遠古時代的榮光與貝烈里安德的大軍；然而縱是那樣的人數與容姿，也仍比不上桑戈洛錐姆崩毀之際——那時精靈以為邪惡已永遠終結，但事實並非如此。」

「你記得？」弗羅多震驚之下，將心中所想脫口而出。埃爾隆德向他轉過身來，他不由得結巴了：「可我以為……我以為吉爾—加拉德的殞落，是很久很久以前的事了。」

「那確乎不假。」埃爾隆德神色凝重，「但我的記憶甚至可追溯到遠古時代。我父親乃是埃雅仁迪爾，他出生在剛多林城陷落之前；我母親則是迪奧的女兒埃爾汶，而迪奧是多瑞亞斯的露西恩之子。我已經見證了西部世界三個紀元的興衰，目睹了諸多敗績，以及諸多徒勞無功的勝利。」

關於魔苟斯

這位日後被稱為「黑暗大敵」的魔苟斯，正如他對被俘押到他面前的胡林所宣稱的，原本是「米爾寇，最強大的首位維拉，先於世界而存在」。此時他已經變得永久囿於肉體化身，其形體雖巨大威嚴，但模樣恐怖。他是中洲西北部地區的君王，真身就居住在龐大的堡壘「鐵地獄」安格班中。在安格班上方，他堆起了桑戈洛錐姆群峰，峰頂冒出滾滾黑煙，汙染了北方天空，遠遠便可看見。據《貝烈里安德編年史》記載，「魔苟斯的諸門距離明霓國斯之橋僅有一百五十哩格，貌似很遠，實則太近。」這段話提到的橋，就通往精靈王辛葛的王宮——「千石窟宮殿」明霓國斯，此地位在多爾羅明的東南遠處。

然而，具有肉體化身的魔苟斯會感到恐懼。家父對他的描述是：

「隨著他變得愈來愈惡毒，不斷從自身釋放出他自謊言中編織的邪惡，自邪惡中孕育的生命，他的力量也分散進入其中，他自身因而愈發受到大地的束縛，不願離開黑暗的要塞。」因此，當諾多族精靈的至高王芬國盼孤身匹馬來到安格班，挑戰魔苟斯出來決鬥時，他在堡壘門前喊道：「出來！你這懦弱之君，親自上陣來！你這穴居者，馭奴者，說謊者，龜縮者，諸神與精靈的敵人，出來！我要看看你這懦夫的長相。」於是（據說），魔苟斯出來了，因他不能當著自己將帥的面拒絕如此挑戰。他揮著巨錘格龍得應戰，每一錘都砸出一個大坑，最後他將芬國昐擊倒在地，但芬國昐臨死前以劍將魔苟斯的巨足釘在地上，黑血隨即噴湧而出，注滿了格龍得砸出的坑洞，魔苟斯從此以後永遠跛了。除此之外，當化成狼形的貝倫與化成蝙蝠形的露西恩成功潛入安格班，來到最深處魔苟斯坐鎮的大廳時，露西恩對他施了迷咒，於是剎那間，他摔下王座，猶如山巒崩塌，轟隆如雷地俯臥在地獄的地上。

關於貝烈瑞安德

樹鬚在臂彎裡一邊一個抱著梅里和皮平，大步在范貢森林中穿行時，曾給他們唱了一首歌謠，說到遼闊的貝烈里安德大地上那一片片古老的森林，而那片大地已在終結遠古時代的大決戰帶來的災難中崩毀。大海湧入，淹沒了又稱為「埃瑞德路因」或「埃瑞德林頓」的藍色山脈以西的全部土地，所以《精靈寶鑽》附帶的地圖東邊到那道山脈為止，而《魔戒》附帶的地圖西邊亦是自藍色山脈而始。位於這道山脈西側的沿海地區，就是那片當年被稱為「七河之地」歐西里安德的鄉野在第三紀元僅存的地方，樹鬚曾在那裡漫步：

歐西瑞安德的白榆林，我在夏日漫步。
啊，歐西爾七河的夏日陽光與天籟！

那時我想，這無與倫比。

人類正是翻越了藍色山脈的隘口，進入貝烈里安德，矮人城邦諾格羅德和貝烈戈斯特也地處那道山脈之中。而貝倫與露西恩得曼督斯恩准，返回中洲後，就生活在歐西里安德（見第二八七頁）。

樹鬚還曾經在多松尼安（「松樹之地」）的松林裡穿行：

多松尼安的松林高地，我在冬日登臨。
啊，歐洛德—那—松的冬日蒼松，寒風白雪！
我的歌聲直上九霄雲端。

那片鄉野後來被魔苟斯變成了「一片被恐怖和黑暗迷咒籠罩，令人迷途、絕望的區域」（見第一〇一頁），更名為「暗夜籠罩的森林」陶爾—努—浮陰。

關於精靈

精靈最初問世乃是在一處遙遠之地（帕利索爾），在名為「甦醒之水」奎維耶能的湖畔。從那地，他們接到維拉召喚離開中洲，渡過大海，前往位於世界西邊的諸神之地——「蒙福之地」阿門洲。那些接受召喚的精靈，在「獵神」維拉歐洛米的帶領下，展開了一場橫越中洲的偉大旅程。這群精靈被稱為埃爾達，是「參與偉大旅程的精靈」，即高等精靈，不同於那些拒絕召喚，選擇中洲作為家園與歸宿的精靈。

翻越藍色山脈的埃爾達並沒有全部渡海離去。那些留在貝烈里安德的精靈被稱為「灰精靈」辛達族，他們的至高王是辛葛（意思是「灰袍」），他坐鎮多瑞亞斯（阿塔諾爾）的「千石窟宮殿」明霓國斯，施行統治。渡過大海的埃爾達也不是全部留在維拉之地，其中一支大宗族——諾多族（「博學者」）返回了中洲，他們被稱為「流亡者」。

推動他們反叛維拉的首要人物是芬威的長子，精靈寶鑽的製造者費艾諾。芬威當年曾率領諾多族精靈離開奎維耶能，但彼時已被殺害。家父的原話是：

> 大敵魔苟斯垂涎這三顆寶石，他毀掉雙聖樹，竊走精靈寶鑽攜往中洲，將它們嚴守在桑戈洛錐姆的堅固要塞中。費艾諾違逆維拉的意志，率領多數族人放棄了蒙福之地，流亡前往中洲；因他出於驕傲，打算憑藉武力從魔苟斯處奪回精靈寶鑽。
>
> 此後便是埃爾達與伊甸人（「人類中，精靈之友的三大家族」）對抗桑戈洛錐姆的無望戰爭，他們最終被徹底擊敗。

在他們離開維林諾之前，發生了令中洲的諾多族精靈歷史蒙羞的恐怖事件。當時，第三支加入偉大旅程的宗族——泰勒瑞族生活在阿門洲海濱，費艾諾要求他們把引以為豪的大批船隻交給諾多族，因為沒有船隻，如此大隊人馬就不可能渡海前往中洲。泰勒瑞族斷然拒絕了這個要求。

於是，費艾諾率領屬下攻擊了「天鵝港」澳闊瀧迪的泰勒瑞族，將船隻強行奪走。那場戰鬥被稱為「親族殘殺」，很多泰勒瑞族在那場戰鬥中遭到殺害。《緹努維爾的傳說》提到了這一事件，稱之為「諾姆族在天鵝港的殘暴行徑」（見第三六頁），還可以參見第一三五頁，第514—519行的內容。

諾多族返回中洲不久，費艾諾就陣亡了。他的七個兒子統治了貝烈里安德東部的遼闊地區，領土位於多松尼安（陶爾—努—浮陰）與藍色山脈之間。

芬國昐（費艾諾的異母弟弟）是芬威的次子，他被尊為所有諾多族的至高君王。他與長子芬鞏統治希斯路姆，該地位於雄偉的「黯影山脈」埃瑞德威斯林山脈的西側與北側。芬國昐在與魔苟斯單獨決鬥時犧牲。圖爾鞏是芬國昐的次子、芬鞏的弟弟，他是隱匿之城剛多林的建立者與統治者。

芬威的第三個兒子，芬國昐的弟弟、費艾諾的異母弟弟在早期文稿中名叫芬羅德，後改為菲納芬（見第九八頁）。芬羅德／菲納芬的長子在早期文稿中名叫費拉貢德，但後來改為芬羅德。他受到多瑞亞斯的都城——輝煌華美的明霓國斯啟發，興建了地下要塞納國斯隆德，他因此得名「洞穴之王」費拉貢德，因此早期文稿中的「費拉貢德」等同於後來的「芬羅德．費拉貢德」。

納國斯隆德的大門開在位於西貝烈里安德的納洛格河的峽谷壁上，不過費拉貢德的領土幅員遼闊，東抵西里安河，西至在埃格拉瑞斯特港口入海的能寧河。但是，費拉貢德在後來改稱索隆的死靈法師夙巫的地牢中遭到殺害，於是菲納芬的次子歐洛德瑞斯繼位成為納國斯隆德之王，如本書所述（見第一〇三和一一九頁）。

菲納芬的另外兩個兒子安格羅德和埃格諾爾[1]是其兄芬羅德·費拉貢德的臣屬，他們居住在多松尼安，俯瞰北邊廣闊的阿德嘉蘭平原。芬羅德·費拉貢德的妹妹加拉德瑞爾則在多瑞亞斯與王后美麗安同住良久。美麗安（在早期文稿中被稱為「格玟德淩」，還有其他拼法）是一位邁雅，她是擁有偉大力量的神靈，取了人形，與辛葛王一同居住在貝烈里安德的森林中。她是露西恩的母親，埃爾隆德的母系祖先。

在諾多族返回中洲後的第六十年，多年和平告終，一支奧克大軍從安格班蜂擁來犯，卻被諾多族徹底擊敗並殲滅。這場戰役被稱為「榮耀之戰」達戈·阿格拉瑞布，但眾位精靈王族引以為戒，設下「安格班合圍」，這道防線維持了將近四百年之久。

「安格班合圍」終結於一場隆冬深夜發起的恐怖突襲（雖是突襲，但策劃已久）。魔苟斯釋放出一道道烈焰洪流，自桑戈洛錐姆奔流而下。多松尼安北邊青蔥翠綠的阿德嘉蘭大平原被燒成一片荒蕪不毛的焦土，從此更名為「令人窒息的煙塵」安法烏格礫斯。

這場災難性的攻擊被稱為「驟火之戰」達戈·布拉戈拉赫（見第一〇〇頁）。彼時惡龍之祖格勞龍力量已經長成，首次從安格班出動，不計其數的奧克大軍湧入南方。多松尼安的兩位精靈領主連同貝奧一族的大多數戰士都慘遭殺害（見第一〇〇—一〇一頁）。精靈王芬

1 譯者注：埃格諾爾（Egnor），即《精靈寶鑽》中的艾格諾爾（Aegnor）。

國盼和其子芬鞏帶著希斯路姆的將士，被迫退到位於黯影山脈東側，大河西里安發源之處的堡壘艾塞爾西里安（西里安泉）。黯影山脈這道屏障擋住了烈焰洪流，希斯路姆和多爾羅明未曾陷落。

驟火之戰次年，芬國盼在絕望憤怒之下，孤身匹馬前往安格班，挑戰魔苟斯。

貝倫與露西恩

家父在一封寫於一九六四年七月十六日的信中提到[1]：

> 我為私創的語言量身定製傳奇故事的嘗試，紮根於芬蘭傳說《卡勒瓦拉》中不幸者庫勒沃的悲劇故事。它在第一紀元的傳奇（我希望能以「精靈寶鑽」為題出版）中，仍然占據著主要事件之一的地位，不過已改為《胡林的子女》，與庫勒沃的故事截然不同，相同之處只有悲劇的結局。這種嘗試的下一個關鍵是一九一七年我因病離開軍隊休養期間，「異想天開」而寫的《剛多林的陷落》——伊綴爾和埃雅仁德爾[2]的故事，以及同年稍後所寫的初版《露西恩·緹努維爾與貝倫的傳說》——它源自一片長著茂盛的「野芹」灌木（那裡無疑還有很多其他相關的植物）的小樹林，位於霍爾德內斯的魯斯附近，我曾是亨伯駐軍的一員，在那裡待過一段時間。

家父與家母於一九一六年三月結婚，當時他二十四歲，她二十七歲。他們起初生活在斯塔福德郡的大海伍德村，但在那年六月初，他出發去了法國，參加了索姆河戰役。由於染病，他於一九一六年十一月初被遣回了英格蘭。在一九一七年春天，他駐紮在約克郡。

這個他寫於一九一七年，稱之為《緹努維爾的傳說》的最初版本，並不存在——更確切地說，存在的只有一份鉛筆寫的手稿的殘跡，絕大部分都被他徹底抹除了。就是在這份鉛筆稿上，他疊寫了我們所知的最早版本的文稿。家父早期為他的「神話體系」所寫的主要作品——《失落的傳說》[3]，是一部極其複雜的作品，我將它編成了一九八三年和一九八四年出版的《中洲歷史》前兩卷，而《緹努維爾的傳說》正是其組成故事之一。但是，由於本書特為研究貝倫與露西恩的傳奇演變而編，我對《失落的傳說》那奇特的背景設定和受眾只做簡略的介紹，因為《緹努維爾的傳說》本身與那個背景設定幾乎完全無關。

《失落的傳說》的核心故事是這樣的：在「盎格魯—撒克遜」時期，一位名叫埃里歐爾或艾爾夫威奈的英格蘭水手在大洋上向西遠航，最終抵達「孤島」托爾埃瑞西亞，那裡生活著已經離開日後得名「中洲」(《失落的傳說》中不曾用過「中洲」這個說法）的「大地」的精靈。他在托爾埃瑞西亞旅居期間，從精靈那裡得知了關於創世、眾神、精靈及英格蘭的真實又古老的歷史。這段歷史便是「有關精靈之地的失落的傳說」。

這部作品是用鋼筆和鉛筆在若干破舊的小「練習本」上寫的，常常極其難以閱讀，不過，多年前我在費了大量時間拿著放大鏡細看手稿之後，得以辨認出幾乎所有的文字，只有個別詞句無法確定。孤島上的精靈為埃里歐爾講了很多故事，每次講述時都有很多孩子在場

1 譯者注：參見《托爾金書信集》，信件二五七號。
2 譯者注：埃雅仁德爾（Earendel），即《精靈寶鑽》中的埃雅仁迪爾（Eärendil）。
3 譯者注：《失落的傳說》(The Book of Lost Tales，常簡稱為Lost Tales)，包含若干個相互關聯但又各自成篇的故事。本書引用的有《緹努維爾的傳說》、《瑙格拉弗靈》、《維拉的降臨》、《愛努的大樂章》。

聆聽，《緹努維爾的傳說》就是這些故事之一，敘述者是一位名叫維安妮的少女。它描寫細緻入微（這是一項驚人的特色），敘事風格極具個性，遣詞造句時有古風，與家父後來使用的各種文風全然不同，激烈、詩意，偶見深深的「精靈特色的神祕感」。在表述中，不時還暗暗湧動著諷刺的詼諧（緹努維爾同貝倫逃離米爾寇的大殿，面對恐怖的魔狼卡卡拉斯時，她質問：「卡卡拉斯，何以如此唐突無禮？」）。

與其等到《緹努維爾的傳說》結束，我覺得最好還是在這裡先提請讀者注意這個最早版傳奇的某些特點，並且簡要說明故事裡一些重要的名稱（同樣的說明也可在本書末尾的《名詞列表》裡找到）。

《緹努維爾的傳說》的重寫版，也就是我們所知的最早版本，絕不是《失落的傳說》中最早寫成的一篇，其他傳說中的情節可以闡明這一點。單論敘事結構的話，有些傳說與已出版的《精靈寶鑽》偏差不大，例如圖林的故事；另一些，特別是首先寫成的《剛多林的陷落》，在已出版的《精靈寶鑽》裡只有高度縮略的形式；還有一些在某些方面與已出版的《精靈寶鑽》顯著不同。

貝倫與緹努維爾（露西恩）的傳奇在演變中發生的一個根本性改變，就是後來加入了納國斯隆德的費拉貢德以及費艾諾眾子的故事。另一個同等重要，但在不同方面的改動是貝倫的身分。在傳奇後來的版本中，貝倫乃凡人，而露西恩是不朽的精靈，但在《失落的傳說》中，這樣的設定並不存在，因為貝倫也是精靈。（不過，從家父為其餘《傳說》所寫的注釋來看，起初貝倫被設定成凡人，而且在那份被抹除的《緹努維爾的傳說》手稿中顯然也是如此。）精靈貝倫出身那支被稱為諾多族（Noldoli，後改作Noldor）的精靈部族，在《失落的傳說》（以及一些後續作品）中譯為「諾姆族」（Gnomes），也就是說，貝倫是諾姆族。這種譯法日後給家父帶來了問題。他採用的Gnome一詞，其起源與含義完全不同於現代語境中那些身材矮小，尤其常與花園聯繫在一起的「侏儒」。Gnome一詞源於希臘語的gn m，意為「思想，智慧」，在現代英語中僅僅以「格言，箴言」的含義存在，其形容詞是gnomic。

他在一份《魔戒》附錄六的草稿中寫道：

> 我有時（但不是在這本書中）用Gnomes代表諾多族（Noldor），用Gnomish代表「諾多族的，諾多語」（Noldorin）。我之所以這樣做，是因為有些人仍然記得Gnome一詞與「知識」有關。須知，那支民族的高等精靈語名稱——「諾多族」，其含義就是「擁有知識者」，因為諾多族從一開始就在三支埃爾達宗族中十分突出，既是由於他們對世間今昔萬物的知識，亦是由於他們對更多知識的渴望。他們無論從正統理論還是大眾想像來看，都與「侏儒」沒有絲毫相似之處。我現在覺得這一轉譯太容易引起誤解，已經放棄了它。

（順便說一句，我要提到他（在一九五四年寫的一封信中[4]）還說過，他十分後悔採用「精靈」這個詞，因為該詞已經「承載了過多令人遺憾的意味」，這種意味「太難克服了」。）

身為精靈的貝倫遭遇的敵意，在舊版《傳說》中是這樣解釋的（見第三六頁）：「所有森林王國的精靈都認為多爾羅明的諾姆族是一群奸詐的傢伙，殘酷又不講信義。」

「仙靈」（fairy，fairies）這個詞被頻繁用來形容精靈，很可能令人有些費解。例如，樹林中飛舞的白蛾，「緹努維爾身為仙靈，對它們熟視無睹」（第三六頁），她還自稱「仙靈公主」（第五四頁）。文中還說她「施展她的巧技和仙靈魔法」（第六一頁）。首先，在《失落的傳說》中，「仙靈」（fairies）就是精靈的代名詞。在那些傳說中，還有幾處提到了人類相對於精靈的身材比較。家父在創作早期對這些問題的構思有些舉棋不定，但他顯然構想過一種隨著漫長歲月流逝而改變的關係。他是這樣寫的：

> 起初，人類的身材幾乎與精靈一樣，當年仙靈要大得多，人類則比現在小。[5]

但精靈的演變極大地受到了人類來臨的影響：

> 隨著人類漸漸強盛，人數越來越多，勢力越來越大，仙靈們漸漸隱褪，變得又小又脆弱，透明如同薄紙，而人類更大，更緊緻、結實。最後，人類乃至幾乎所有生物都無法再看到仙靈。[6]

因此，我們沒有必要因為這個詞就假設家父把這個傳說裡的「仙靈」想像成「透明如同薄紙」的生物。當然，多年以後，當第三紀元的精靈進入中洲的歷史，他們絲毫不像現代意義上的「仙靈」。

「神靈」（fay）這個詞則較為難解。在《緹努維爾的傳說》中，該詞經常用於形容美麗安（露西恩的母親），她來自維林諾（被稱為「諸神的女兒」，見第三五頁）。但該詞也用於形容泰維多，他被描述成「披著野獸外型的邪惡神靈」（第五八頁）。《失落的傳說》別處也曾提到「神靈和埃爾達的智慧」、「奧克、惡龍和邪惡神靈」、「樹林和山谷的神靈」。最值得注意的很可能是下面摘自《失落的傳說》之《維拉的降臨》的段落：

他們身邊生活著眾多的神靈[7]，這些神靈有的司掌樹木和樹林，山谷、森林和山坡，有的清晨在青草中歌唱，傍晚在挺拔的穀物中吟誦。他們當中有奈米爾（Nermir）、塔瓦瑞（Tavari）、南迪尼（Nandini）和歐洛西（Orossi）〔草地、樹林、峽谷和山脈的神靈？〕，他們是神靈、小精靈、小妖精[8]，還有其他不曾得

4　譯者注：參見《托爾金書信集》，信件一五一號。

5　譯者注：參見《中洲歷史》第一卷第二三五頁，以及第二卷第三二六頁的討論。

6　譯者注：參見《中洲歷史》第二卷第二八三頁以及第三二六頁的討論。

7　譯者注：「神靈」，原文拼作sprites，即spirits的古語說法。

> 名的，因為他們數量極多。然而他們絕不能與埃爾達〔精靈〕混為一談，因為他們在創世之前就已存在，比世間萬物都要年長，並且不屬於世界。

另一個令人費解的設定關係到維拉所擁有的力量，他們可以左右那片遙遠的大地（中洲）上人類和精靈的事務，乃至他們的頭腦和心靈。這個設定不單單在《緹努維爾的傳說》這一篇中出現，但我找不到任何解釋，也得不出任何普遍的結論。舉例來說，第六六頁提到「維拉引〔胡安〕來到一處林間空地」，在那裡，逃離安格班的貝倫和露西恩躺在地上；她還曾對她父親說（第六九頁）：「全靠維拉解救，他〔貝倫〕才免於慘死。」以及，在露西恩逃離多瑞亞斯那段故事（第四八頁）中，「她沒有進入那片黑暗地區，而是重新鼓起勇氣，繼續前行」後來被改為「她沒有進入那片黑暗地區，維拉在她心中點燃了新的希望，所以她再次繼續前行」。

關於《緹努維爾的傳說》中提到的名稱，我要在此說明：阿塔諾爾（Artanor）對應後來的多瑞亞斯（Doriath），又稱「方外之地」；在阿塔諾爾北方橫亙著「鐵山脈」，又稱「嚴酷山脈」，貝倫就是翻越這道屏障而來，後來這道山脈被改成了「黯影山脈」埃瑞德威斯林[9]。在這道山脈另一側是「黯影之地」希斯羅迷（希斯路姆），又稱多爾羅明。精靈甦醒之地名為帕利索爾[10]（第三三頁）。

維拉通常被稱為「諸神」，又稱為「愛努」（Ainur，單數為Ainu）。「米爾寇」（Melko，後改為「米爾寇」Melkor）是強大的邪惡維拉，他在盜走精靈寶鑽後被稱為「黑暗大敵」魔苟斯。「曼督斯」這個名稱既指一位維拉，也指這位維拉的居住之所，他是亡者之殿的守護者。

曼威是維拉之王。群星的創造者瓦爾妲是曼威的配偶，與他同住在阿爾達的最高峰塔尼魁提爾山巔。雙聖樹是兩棵偉大的樹木，它們的花朵曾為維林諾帶來光明，卻被魔苟斯和蜘蛛怪烏苟利安特毀滅。

最後，不妨在此介紹一下貝倫與露西恩的傳奇的基礎——精靈寶鑽。精靈寶鑽是最偉大的諾多族精靈費艾諾的作品，他「無論口才還是手藝都首屈一指」，其名意為「火之魂魄」。我在此摘錄一段後來的「精靈寶鑽」文稿，該稿題為《諾多族的歷史》（Quenta Noldorinwa，

8 譯者注：「神靈、小精靈、小妖精」，原文分別是fays、pixies、leprawns。Pixy指民間傳說裡喜歡惡作劇的小精靈，而leprawn似是托爾金對愛爾蘭民間傳說中被人捉住後常常承諾幫人達成心願或尋得財寶的「小妖精」leprechaun一詞的獨特拼法。

9 譯者注：在《失落的傳說》中，地理狀況與已出版的《精靈寶鑽》不同。克里斯多夫．托爾金曾在《中洲歷史》第一卷第一五八—一五九頁和第二卷第六〇—六二頁中專門討論過二者的差異。在過去的構思中，鐵山脈北至安格班上方，南邊則與隔出希斯羅迷（希斯路姆）的黯影山脈相連，否則無法解釋故事中的地理描述和人物行程。

10 譯者注：帕利索爾（Palisor），《失落的傳說》中精靈甦醒之地的名稱，Palisor源自palis，「草坪，草地」。

寫於一九三〇年），詳情參見第九七頁。

在那遙遠的過去，費艾諾著手進行一場歷時甚久的奇妙勞作。他用上了他全部的力量與精微的魔法，因為他意欲成就一件比當時所有埃爾達所造之物都更美好的造物，此物將長存至萬物終結之後。他造就了三顆寶石，命名為精靈寶鑽。在它們之中燃燒的鮮活之火，是融合雙聖樹的光輝而成。即便在黑暗中，它們自身仍放射出璀璨光芒。不潔淨的凡軀不可觸碰它們，否則必定枯萎燒焦。精靈視這些寶石為超越本族全部手工造物的至寶，曼威封它們為聖，瓦爾妲則說：「精靈的命運，以及諸多事物的命運，都與它們息息相關。」費艾諾的心，也糾繫於他親手所造之物。

精靈寶鑽被魔苟斯盜走之後，費艾諾和他的七個兒子發下了一個深具破壞性的可怕誓言，宣稱他們對精靈寶鑽擁有惟一且不可侵犯的權利。

維安妮的故事是特意為從沒聽說過緹努維爾的埃里歐爾（艾爾夫威奈）講的，但她敘述時沒有正式的開場白——她從廷威林特和格玟德淩（他們就是後來的辛葛和美麗安）的故事講起。不過，我要再次引用《諾多族的歷史》來說明傳奇的這個基本要素。在《緹努維爾的傳說》中，令人生畏的廷威林特（辛葛）是一個中心人物。他是一位精靈王，居住在幽深的林地阿塔諾爾，從他位於森林中心的巨大石窟統治王國。王后出場雖少，卻也是一個具有重大意義的人物，我在此引用《諾多族的歷史》中關於她的敘述。

《諾多史》中講述，精靈離開了他們的甦醒之地——遙遠的帕利索爾，踏上偉大旅程，最終目標是浩瀚大海彼岸的極西之地維林諾，〔很多精靈〕迷失在漫長的黑暗道路上，他們在世間的森林和群山中漫遊，從未去到維林諾，也從未目睹雙聖樹的光輝。因此，他們被稱為伊爾科林迪，就是從未在科爾——位於諸神之地的埃爾達〔精靈〕之城居住過的精靈。他們就是黑暗精靈，有眾多分散的部族，也有諸多自己的語言。

在黑暗精靈當中，最著名的一位是辛葛。他從未前往維林諾，原因是這樣的。有位神靈名叫美麗安，她曾居住在〔維拉〕羅瑞恩的花園裡。在羅瑞恩所有的美麗屬從當中，她最美，最有智慧，也最擅長吟唱具有魔力、使人迷醉的歌曲。據說，美麗安於柔光交織之際在夢神的花園裡開口歌唱時，諸神會擱置手中的工作，維林諾的鳥兒會忘記歡叫，維爾瑪的百鐘沉寂，連眾多噴泉也都停止湧流。夜鶯總是隨她同行，她教牠們唱歌。但她喜愛深幽的陰影，在漫長的旅程中遊蕩到域外之地〔中洲〕，用她的歌聲和她那些鳥兒的鳴唱，填滿了破曉將至的沉寂世界。

辛葛聽到美麗安的夜鶯歌唱，便沉迷其中，離開了族人。他在林中找到了美麗安，身不由己地陷入夢境，沉沉睡去，以至於尋找他的族人徒勞無功。

按照維安妮的說法，當廷威林特從那場神祕的長眠中醒來時，「他不再惦念他的子民（其實他就是惦念也於事無補，因為他們早已抵達了維林諾）」，只希望見到那位微光中的女士。她離得不遠，因為她在他沉睡時一直照料著他。「但是，埃里歐爾啊，他們的故事再多我就不知道了。我只知道，她最終成了他的妻子，因為有極長的一段時間，廷威林特和格玟德淩都是阿塔諾爾或『方外之地』那些迷途精靈的王和王后。總之，此地流傳的說法就是這樣。」

維安妮繼續說，廷威林特的居所「依靠神靈格玟德淩的魔法，隱藏在米爾寇的視野與認知之外，她圍繞通往那裡的條條路徑編織了咒語，使得只有埃爾達（精靈）可以輕易走上正路，因此精靈王無任何危險之虞，只需當心遭背叛。儘管他的王宮建在一個巨大幽深的石窟裡，但那仍是富有君王風範的美好居處。那個石窟位於阿塔諾爾那片世間最大的森林的中心地帶，有條河從石窟門前流過。但要進入那處門戶，除了過河別無他途，河上架有一座把守嚴密的窄橋。」接著維安妮喊道：「啊，現在我就給你講講廷威林特的宮殿裡發生過的事。」《緹努維爾的傳說》本身的內容可以說就是從這裡開始的。

緹努維爾的傳說

廷威林特有一雙兒女，就是戴隆和緹努維爾。緹努維爾是位少女，隱匿王國的精靈少女數她最美；像她這麼美的少女著實少見，因為她母親是諸神的女兒，是位神靈。戴隆則是健壯開朗的少年，他最喜愛的是吹奏蘆笛或林地的其他樂器。如今他名列精靈最神奇的三大樂手當中，另外兩位是金嗓廷方和總在海邊演奏的伊瓦瑞。但緹努維爾喜愛舞蹈，她熠熠生輝的雙足美麗靈巧絕無僅有，沒有人曾與她齊名。

戴隆和緹努維爾喜歡離開父親廷威林特的石窟宮殿，一起外出去森林中度過漫長時光。戴隆經常坐在草墩或樹根上演奏樂曲，緹努維爾則伴隨樂曲翩翩起舞。有戴隆伴奏，她跳起舞來比格玟德淩還要輕盈，比月光下的金嗓廷方更具魔力。如此輕快活潑的身姿人間難覓，惟有在維林諾的玫瑰園才能一見，奈莎在彼處長青不凋的草地上舞蹈。

即使在月光黯淡的夜晚，他們也依舊演奏和跳舞。他們不像我一樣害怕，因為廷威林特和格玟德淩的轄地依舊把邪惡阻擋在森林之外，米爾寇尚未攪擾他們，人類也還被困在山嶺的另一邊。

他們最愛一處林蔭地，那裡生長著榆樹，還有山毛櫸，但都不是參天巨樹，還有幾株栗樹開著白花。不過，那裡地面潮濕，林下生有一大片霧矇矇的蓊鬱野芹。六月的某一天，他們在此玩耍，野芹的白花如同雲朵，簇擁在樹幹周圍，緹努維爾在這裡翩然起舞，一直跳到黃昏消逝，夜幕降臨，眾多白蛾紛紛出來飛舞。緹努維爾身為仙靈，就像很多人類孩童那樣對牠們熟視無睹，不過她不喜歡甲蟲，而因為烏格威立安提的緣故，埃爾達也絕不碰蜘蛛。但就在白蛾繞著她的頭上下翻飛，戴隆吹出一個奇異的顫音時，突然間，怪事發生了。

貝倫怎麼越過山嶺來到此地，我從未聽說，但你會聽到，他比大多數人勇敢。也許僅僅是愛好漫遊，促使他翻越了恐怖的鐵山脈，最終來到這片方外之地。

貝倫是個諾姆族精靈，他父親是護林人埃格諾爾，在希斯羅迷北部更黑暗的地方打獵為生。埃爾達對那些體驗過米爾寇的奴役的親族心存猜忌和恐懼，如此一來，諾姆族在天鵝港的殘暴行徑令他們自食惡果。如今，米爾寇的謊言在貝倫的族人當中流傳，他們因而相信祕密國度的精靈有諸多邪惡之處。然而貝倫這時看見了在暮色裡跳舞的緹努維爾，她身穿如珍珠般銀白的衣裙，白皙的赤足在野芹花莖間忽隱忽現。見狀，貝倫再也顧不得她到底是維拉，是精靈，還是人類的孩子，偷偷潛近去觀看。那股魔力令他暈眩，他不得不靠著一棵長在土墩上的年輕榆樹，好俯瞰她跳舞的那一小片林間空地。她是如此苗條美麗，竟使他不知不覺來到開闊處，想把她看得更清楚。就在那時，滿月的皎潔清輝穿過枝幹照來，戴隆驀然間看見了貝倫的臉。他立刻認出貝倫不是他們的族人，而所有森林王國的精靈都認為多爾羅明的諾姆族是一群奸詐的傢伙，殘酷又不講信義。因此，戴隆丟下樂器大喊：「緹努維爾啊，快逃，快逃，這片林子裡有敵人。」他邊喊邊穿過樹林迅速逃走了。但是，緹努維爾訝異之下並未立刻跟著逃跑，因為她沒有馬上聽懂他的話，且知道自己不如哥哥強壯，無法那般奔跑跳躍，於是她忽然輕巧一滑，躲進了雪白的野芹花叢，藏在一株花莖特別高，枝葉繁茂四面伸展的花下。在那裡，身穿潔白衣裙的她看起來就像一抹穿過樹葉灑在地面上的閃爍月光。

貝倫見狀感到悲傷，因為他很孤單，也為他們如此驚駭而懊喪。他認為緹努維爾並未逃跑，便四處尋找她，結果他的手突然間搭上了葉片下她那纖細的臂膀。她嚇得驚叫一聲，拔腿就跑，在昏暗的光線中竭盡全力飛奔，那只有埃爾達才做得到：她的身影在縷縷月光裡閃挪搖曳，在無數樹幹與野芹花莖中飄忽隱現。對她手臂那輕柔的一觸，令貝倫比之前更急切地想找到她。他飛快追趕，卻還是不夠快，她最後甩開了他，驚魂未定地回到她父親的居所。之後，她一連多日沒有獨自前往森林中跳舞。

這令貝倫悲傷萬分。他不願意離開那片地方，一心盼望再次看見那位美麗的精靈少女跳舞。他在森林中流浪多日，搜尋著緹努維爾，變得狂野又孤獨。他從早到晚尋找她，每逢月光明亮之夜尤其充滿期盼。終於，有一天晚上，他遠遠捕捉到一抹閃光——看哪，她獨自在一座不生樹木的小丘上跳舞，戴隆不在她身旁。此後，她時常到這裡自唱自舞，有時戴隆會在附近，貝倫就在遠處的森林邊緣觀看，有時戴隆不在，貝倫就偷偷走近一點。事實上，緹努維爾早就發現了他的到來，但她假裝不知道；而且，她見到他被月光照亮的面容上寫滿眷戀渴望，因此她內心的恐懼也早就消散了。她看出，他很友善，且愛上了她的優美舞姿。

於是，貝倫養成了祕密尾隨緹努維爾的習慣，跟著她穿過森林，一直來到石窟入口的橋頭。她進去後，他會隔著溪流呼喚，柔聲念著「緹努維爾」——他從戴隆口中聽見了這個名字。可他不知道，緹努維爾常常在石窟門內的陰影裡傾聽，微笑或輕笑出聲。終於有一天，當她獨自起舞時，他壯起膽子走出來，對她說：「緹努維爾，教我跳舞吧。」她問：「你是誰？」「我是貝倫，越過嚴酷山嶺而來。」「那如果你想跳舞，就跟著我跳吧！」精靈少女說道，然後就在貝倫面前漫舞而去，一路舞入森林，動作敏捷，卻又不會快到令他跟不上。她不時回頭張望，見他跌跌撞撞跟在後面，不禁失笑，說：「舞吧，貝倫，舞吧！就像嚴酷山嶺另一面的人那樣起舞！」就這樣，他們循著曲折的小徑來到了廷威林特的居所。緹努維爾過了河，在對岸招呼貝倫，於是他跟著她，驚奇地走下石窟，進了她家的幽深殿堂。

然而當貝倫意識到自己來到國王面前，他侷促不已，並且十分敬畏王后格玟德淩的威儀。結果，當國王開口問：「你是何人，未獲允許就闖入我的殿堂？」看哪！貝倫竟無言以對。於是緹努維爾代他答道：「父王，他是貝倫，是從山嶺那邊來的漫遊者。他想學跳舞，想像阿塔諾爾的精靈一樣起舞。」她笑了起來，但國王一聽貝倫從哪裡來，便皺起了眉頭，說：「我兒，且別作輕鬆言語。快說，這個來自陰影之地的野蠻精靈，可曾加害於妳？」

「沒有，父王，」她說，「而且我認為他心中沒有一點邪惡。你別對他這麼嚴厲，除非你想看你女兒緹努維爾哭泣，因為我認識的人誰也不如他那樣為我的舞姿傾倒。」於是，廷威林特說：「諾多族之子貝倫啊，你在返回來處以前，想從森林精靈這裡得到什麼？」

貝倫在緹努維爾代他向她父親開口時，內心驚喜萬分，他因而鼓起了勇氣，引他離開希斯羅迷，翻越鐵山脈的冒險精神也再次甦醒。他大膽地直視廷威林特，說道：「王啊，您的女兒緹努維爾是我親眼及夢中所見的姑娘當中，最脫俗、最迷人的一位，我想娶她為妻。」

大殿中頓時一片死寂，所有聽見的人都驚呆了，只有戴隆大笑出聲，而緹努維爾垂下了眼簾。國王掃了一眼外表野蠻粗獷的貝倫，不禁也大笑起來，貝倫見狀倍感恥辱，漲紅了臉，而緹努維爾為他深感心痛。「沒錯！想娶我的緹努維爾，世間最美麗脫俗的姑娘為妻，成為森林精靈的駙馬——這不過是一個陌生人想要的小小恩惠。」廷威林特說，「碰巧我也有權要求聘禮。我要的倒也不大，一件信物表達你的敬意足矣。給我送來一顆米爾寇王冠上的精靈寶鑽，寶鑽送到之日，緹努維爾如若願意，就可嫁你。」

於是殿中的人全都明白了，國王把求親一事視為粗俗無禮的玩笑。他們可憐這個諾姆族精靈，並且臉露微笑，因為費艾諾的精靈寶鑽如今在世間享有盛名，諾多族說了許多精靈寶鑽的故事，很多從安加曼迪逃出來的精靈也見過它們在米爾寇的鐵王冠上熾烈閃耀。他從不摘下那頂王冠，他珍愛三顆寶鑽就如珍愛自己的眼睛。這世上，無論是神靈、精靈還是人類，誰都別指望染指它們之後還能活命。貝倫實際上知道這些，也猜出了眾人嘲弄的微笑是何含義，他怒火勃發地喊道：「不，如此迷人的新娘，她父親要的聘禮太微不足道。但我還是覺得森林精靈的習俗就像人類粗陋的法律一樣奇怪，我沒提聘禮，您竟然指名討要。然而且看！我貝倫，一個諾多族的獵手，會滿足您這個小願望。」話音一落，他就衝出了大殿，殿中所有的人都驚呆了，但緹努維爾突然哭了起來。「父王啊，這太不妥了，」她叫道，「你用一個糟糕的玩笑讓人去送死。他被你的蔑視氣瘋了，現在，我認為他會去嘗試的，米爾寇會殺了他，然後就再也沒人會懷著那樣的愛慕，來看我跳舞了。」

於是國王說：「米爾寇為瑣事而殺的諾姆族多了，他不會是第一個。他擅闖我的殿堂，出言不遜，卻沒被困在此地的痛苦魔咒裡不得脫身，已是便宜他了。」不過格玟德淩什麼也沒說，她既未責備緹努維爾，也未質疑她為何突然為這個陌生的流浪者哭泣。

而貝倫從廷威林特面前揚長而去之後，一怒之下在森林裡走出了很遠，直到走近低丘隆起、樹木不生的地帶——這警示著，荒涼的鐵山脈不遠了。到這時候，貝倫才覺出疲憊，停下了前進的腳步。隨後，他開始不時經受更大的痛苦。一夜又一夜，他深感失去勇氣，看不到一點完成任務的希望，事實上希望也無比渺茫。不久，順著鐵山脈而行的他走近了米爾寇居住的那片可怕地域，極度的恐懼襲擊了他。那片地方有許多毒蛇，惡狼到處遊逛，更可怕的是一隊隊巡遊的獸人和奧克——米爾寇培育出來的邪惡生物，他們外出為他作惡，誘捕動物、人類和精靈，將俘獲品拖到主人的面前去。

貝倫有很多次險些被奧克抓到。一次，他經過一番戰鬥才逃過一頭巨狼之口，戰鬥中他惟一的武器是一根白蠟樹製成的木棍。他往安加曼迪那邊遊蕩的每一天都是危機重重、險象環生，饑餓和乾渴也時常折磨著他。若不是回頭跟前進一樣危險，他已經多次想要回去了。但緹努維爾懇求廷威林特的聲音在他心中回蕩，每到夜裡，他總感覺心裡聽見她在遙遠的森林家園中，不時為他輕聲哭泣——事實正是這樣。

有一天，他餓得狠了，到一處奧克的廢棄營地裡搜尋剩食殘渣，但有幾個奧克出乎意料地返回營地，抓住了他。他們折磨他，但沒殺他，因為奧克隊長見他雖然因生活困苦而憔悴不堪，卻仍強壯，心想把他帶回米爾寇面前，米爾寇說不定會很高興，打發他到礦坑或鍛造坊去做奴隸的重活。就這樣，貝倫被拖到了米爾寇面前。儘管如此，他內心依舊十分剛強，因為他父親的族人堅信，米爾寇的淫威不會持續到永遠，維拉最後一定會傾聽諾多族的泣訴，會興兵拘捕米爾寇，維林諾將再度為疲憊的精靈開啟，巨大的歡樂將重返大地。

但是，米爾寇見他之後大怒，質問一個生來就該給他當奴隸的諾姆族，怎麼敢擅自跑出去進了森林。但貝倫回答，他不是逃犯，而是出身那支居住在阿里雅多的諾姆族，那一族與當地的人類融合無間。聽見這話，米爾寇更生氣了，因為他一直設法破壞精靈與人類的友誼和交流。他說，這人顯然是個陰謀者，祕密策劃反抗米爾寇的統治，這人罪該送去給炎魔嚴刑拷打。貝倫見自己大難臨頭，便回答說：「最強大的愛努，世界之王米爾寇啊，您千萬不能認為真是那麼回事，如果真是那樣，我豈會不帶幫手，孤身來此。不，埃格諾爾之子貝倫跟人類一族沒有交情，真的沒有，正是因為受不了阿里雅多被成群的人類侵占，我才離開那地，四處漫遊。我父親對我說過許多您從前何等輝煌榮耀的偉大故事，因此我雖然不是叛逃的奴隸，但除了貢獻一己微薄之力為您效勞，我別無他求。」接著，貝倫便說自己是個會設陷阱捕捉小獸和鳥類的高明獵手，追趕獵物時在山嶺中迷了路，流浪了很久才進了這片陌生的地界，多虧奧克抓到了他，否則他還真不知道有什麼萬全的辦法，只能前來求見威嚴的愛努米爾寇，懇請米爾寇賜給他一個卑微的職位做做，可能的話容他掙得一點米爾寇餐桌上的吃食。

他這番話肯定是得到了維拉的啟迪，否則也可能是格玟德淩心生憐憫，給他施了一個能花言巧語的魔咒。總之，這話確實救了貝倫一命，米爾寇注意到他結實耐勞的體格，相信了他，願意收他去廚房當個奴工。諂媚奉承的甜言蜜語這位愛努向來愛聽，他的智慧固然深不可測，但那些他鄙視之人說的很多謊話都裹在甜蜜的讚美之詞裡，讓他上了當。因此，他這會兒下令讓貝倫去做貓王泰維多的奴隸。須知，泰維多是一隻強大的貓——眾貓之中最強大的一隻——有人說，他體內住著一個邪惡的神靈。他常常伴隨在米爾寇左右。所有的貓都臣服於泰維多，他和手下眾貓負責獵捕、征取肉食，以供米爾寇的餐桌與頻繁舉辦的盛宴之需。正是因此，如今儘管米爾寇的統治不再，他的野獸變得無足輕重，精靈與所有的貓仍然彼此憎惡。

因此，當貝倫被帶往泰維多那距離米爾寇王座所在之處並不遙遠的居所時，他非常害怕，因為他沒想到情況會變成這樣。那處居所光線昏暗，黑暗中充滿了怪異的呼嚕聲和咆哮聲。

四周全是閃閃發亮的貓眼，如同綠色、紅色或黃色的燈盞，那是泰維多手下的頭領們，擺著或甩著美麗的尾巴。泰維多自己踞於首座，他是一個通身漆黑的龐然大物，模樣十分駭人。他雙眼狹長，眼角上吊，眼中閃著紅綠兩色的光芒，灰鬍鬚則十分結實，尖銳如針。他的呼嚕聲如隆隆擂鼓，咆哮聲如打雷，而他怒吼時令人血液冰冷，事實上，聽到怒吼的小動物和鳥類會僵硬得像石頭一樣，或像嚇死一般跌在地上。泰維多一看見貝倫，便把眼睛眯到只剩一條縫，說道：「我聞到狗的味道。」從那一刻起，他就討厭貝倫。要知道，貝倫在荒野家鄉時，曾經廣受獵犬的喜愛。

「為什麼，」泰維多說，「你們竟敢把這麼一個傢伙帶到我面前，難道是要把他宰了吃肉？」領貝倫來的人說：「不是，米爾寇有令，叫這個倒楣的精靈去給泰維多打工，抓一輩子的鳥獸。」泰維多聞言，著實不屑地尖聲嘲笑，說：「我主定是在打瞌睡，否則就是心不在焉。你倒是說說，一個埃爾達的娃娃來幫貓王和他的頭領們捉鳥捕獸，能派多大用場？就跟你帶個笨手笨腳的人類來沒有區別，因為無論精靈還是人類，打起獵來都絕不是我們的對手。」不過，他還是給貝倫安排了一項考驗，吩咐他去抓三隻老鼠。他說：「我的廳堂裡老鼠成群結隊。」想也知道，這當然不是真的。不過老鼠倒確實有那麼幾隻——非常凶野、邪惡又具有魔力的一種老鼠，膽子大到敢住在那裡的黑暗洞穴中。牠們比一般的老鼠大，非常兇猛，泰維多把牠們當成私人消遣的玩物庇護著，絕不能忍受牠們的數量折損。

貝倫追獵了三天，但他沒有做陷阱的材料（他告訴米爾寇自己擅長製作這類裝置時確實沒說謊），結果他一番辛勞，除了手指被咬，一無所獲。泰維多見狀不屑，大發雷霆，但礙於米爾寇的吩咐，貝倫當時只被撓出了幾道爪痕，沒多受泰維多或他手下頭領的荼毒。不過，接下來他在泰維多住處的日子就難熬了。群貓把他當作傭人，他每天汲水、砍柴、擦洗桌子、刷洗地板和碗盤，日復一日，十分淒慘。他也經常被派去轉動燒烤架，架上叉著的鳥兒和碩鼠都是精心烤好了給貓吃的，他自己卻很少有機會吃飯睡覺，整個人變得蓬頭垢面，形容枯槁。他時常希望自己從來沒離開過希斯羅迷，甚至從來沒瞥見過緹努維爾的影子。

話說回來，那位美麗的精靈少女在貝倫離開之後，哭了很長一段時間，並且再也不去森林裡跳舞了。戴隆很生氣，不明白她是怎麼了。原來，她喜歡上了貝倫從枝丫間偷看她時的面容，還有他尾隨她穿過森林時窸窣的腳步聲，她渴望再聽見他在她父親家門前的溪流對面，渴慕地呼喚「緹努維爾，緹努維爾」的嗓音。如今貝倫已經奔向米爾寇的邪惡殿堂，也許已經喪命，她就不願再跳舞了。貝倫已死的念頭是如此不堪忍受，以至於這位溫柔已極的少女最終去找她母親，因為她不敢去找父親，更不願意讓父親看見自己哭泣。

「格玟德淩啊，我的母親，」她說，「如果可以，請妳使用魔法，告訴我貝倫怎麼樣了。他是不是一切安好？」「不，」格玟德淩說，「他還活著不假，但成了悲慘的俘虜，並且他內心也不再抱持希望——看，他成了貓王泰維多淫威之下的奴隸。」

「那麼，我必須去救他。」緹努維爾說，「因為我認識的人裡誰也不會去救他的。」

格玟德淩聞言並沒有笑，因為她在很多事上英明睿智，並且富有遠見。然而，一個精靈——更別說還是個少女，是國王的女兒——要在無人隨同的情況下前往米爾寇的殿堂，即便是在那段淚雨之戰以前的早期歲月，米爾寇的力量尚未壯大，仍隱藏著他的謀劃，廣撒他的謊言之網時，這種事也是就連做荒唐大夢時都想不到的。因此，格玟德淩只是溫和地勸她別說傻話。但緹努維爾說：「那麼您就一定要去求父親幫忙，請他派兵到安加曼迪，要求愛努米爾寇放貝倫自由。」

出於對女兒的愛，格玟德淩確實去求了。廷威林特暴跳如雷，以至於緹努維爾真希望從來沒吐露自己的願望。廷威林特命令她不許再提也不許再想貝倫，並且發誓要是貝倫敢再踏進自家殿堂一步，就殺了他。於是，緹努維爾反覆思量她該怎麼做。她去求戴隆幫她，或乾脆陪她去安加曼迪，如果他願意的話。但戴隆一點也不喜歡貝倫，他說：「我為何要為了一個在森林裡流浪的諾姆族，去冒那世間最恐怖的危險？我根本不喜歡他，他毀了我們一起玩耍的時光，毀了我們的音樂和舞蹈。」不但如此，戴隆還把緹努維爾想要他做的事告訴了國王。他這麼做倒不是出於惡意，而是怕緹努維爾由於心神狂亂，跑出去送死。

廷威林特聽了此事，便召來緹努維爾，說：「親愛的女兒啊，妳為何就不能試著聽我的吩咐，別再想這件蠢事？」但緹努維爾不肯回答，於是國王要她保證，不可再想貝倫，也不可犯傻，設法跟隨貝倫去那邪惡之地，無論是獨自去，還是慫恿他的子民跟她一起去，都不可以。然而緹努維爾說，她不能答應第一點，至於第二點，她只能答應一部分，因為她不會慫恿任何森林子民隨她一起去。

這話讓她父親大發雷霆，但在憤怒之下，他深感震驚和恐懼，因為他愛緹努維爾。他不能把女兒永遠關在只能透入一點朦朧光線的石窟裡，因此他想了一個辦法。在他的石窟殿堂的大門上方，是一片直降至河邊的陡坡，坡上長著巨大的山毛櫸，其中有一棵名叫「萬樹之后」希利瓏，因為她龐大無比，主幹分成三杈，分杈深得就像一同拔地而起的三棵樹，它們同樣高大，渾圓筆直，灰色的樹皮光滑如絲綢，一直長到極高的地方才開始分枝散葉。

廷威林特下令在這棵奇樹的高處搭起一座小木屋，它就在人所能造出的最長的梯子搆得到的高度，也在最低的樹枝上方，巧妙地掩蔽在樹葉中。木屋是三角形的，每面牆上開有一扇窗，每處屋角都是希利瓏的一根主幹。廷威林特命緹努維爾去住進木屋裡，直到她答應明智行事為止。當她爬上一段段用高大松木製成的梯子後，這些梯子就被人從底下一一收走，讓她再也無法下來。她要的一切都會給她送去，他們會爬上梯子給她送去食物以及她想要的其他物品，然後再下來收走梯子。國王保證他會處死任何一個留下梯子靠在樹上的人，或企圖在夜間偷偷放梯子的人。於是，大樹腳下不遠處布置了一名守衛。但戴隆時常來到樹下，他對自己造成的後果深感悲傷，因為沒有了緹努維爾，他很孤單。但是，緹努維爾一開始很高興住在葉間的屋中，當戴隆在樹下演奏他最優美的樂曲時，她會從小窗戶朝外凝望。

然而一天晚上，緹努維爾做了一個維拉送來的夢，她夢見了貝倫，她的心說：「我要去找他，他已被旁人遺忘。」接著她就醒了，一輪明月正透過樹木灑下清輝。她反覆深深思量，自己要如何逃離。我們完全可以相信，格玟德淩之女緹努維爾並非不懂魔法或魔咒，她經過深思熟慮，定下了計畫。第二天，她請那些給她送東西的人，如果可能的話，給她送點下方溪流裡最乾淨的水。「不過，」她說，「這水一定要在午夜用銀碗汲取，送來給我時從頭到尾都不許說話。」之後，她又要求送酒來。「不過，」她說，「這酒要在正午用金壺送來，送的人要一路唱歌送到我手中。」他們照她的吩咐做了，但沒有報告廷威林特。

接著緹努維爾說：「去我母親那裡，就說她女兒想要一個紡紗輪來打發無聊的時間。」但她偷偷求戴隆給她造個小織布機。戴隆就在緹努維爾的樹上小屋裡造了織布機。「可是，妳要用什麼來紡紗織布呢？」他問。緹努維爾回答：「用魔咒和魔法。」不過戴隆不知道她的打算，也沒對國王或格玟德淩多嘴。

緹努維爾等屋內只餘自己一人，便拿起水和酒，邊唱一首充滿魔力的歌曲，邊將二者混合在一起。待酒水盛在金碗裡，她唱起一首生長的歌；待酒水盛在銀碗裡，她唱起另一首歌，並把大地上所有最高最長之物的名稱編在歌裡——印德拉方的鬍鬚，卡卡拉斯的尾巴，格羅龍德的身軀，希利瓏的樹幹，她還點名唱到了寶劍「南」，也沒忘記奧力和托卡斯造的鐵鍊安蓋努和巨人吉利姆的脖頸，她唱到的最後一樣也是萬物中最長的，就是海洋女神烏妮那伸展遍及天下眾水之中的頭髮。然後她將頭浸到混合的酒水中，同時唱起第三首歌，一首令萬物沉睡的歌。緹努維爾那一頭比最精微的薄暮光線還要纖細的烏黑髮絲，突然開始飛速生長，過了十二個鐘頭，它幾乎充滿了整個小屋。緹努維爾見狀非常滿意，便躺下歇息。當她醒來，屋子裡彷彿滿滿當當充斥著一團黑霧，她就深藏在霧底下。瞧！她的頭髮垂落窗外，在晨風中圍繞著樹幹飛舞。她費了一番力氣找到她的小剪刀，在肩頸處把長出的頭髮剪了，之後她頭髮生長的速度便恢復了正常。

然後，緹努維爾開始忙碌。她縱有精靈的靈巧，依舊紡了許久，並且織得更久。如果有人來到樹下向她打招呼，她就叫他們走，說：「我還沒起床，我只想睡覺。」戴隆十分驚詫，經常在樹下喊她，但她並不回應。

終於，緹努維爾把烏雲般的秀髮織成了一件迷霧一般、飽含睡意的黑袍，就連她母親很久以前穿著舞蹈的那件，也遠遠不如這件袍子有魔力。她又遮住自己微微閃光的潔白衣裳，她周圍便充滿了一股沉睡的魔力氛圍。她將餘下的頭髮結成一條長長的繩索，拴緊在她屋內的樹幹上。勞作到此結束，她透過窗子，朝西向河流望去。林間的陽光已經開始消失，隨著暮色在森林中彌漫，她唱起了一首十分輕柔低沉的歌，邊唱邊把她的長髮拋出窗外，讓它那沉睡的迷霧觸及樹下守衛的頭臉，他們正聽著她的歌聲，頓時陷入了不可思議的沉眠。接著，緹努維爾穿上黑袍，像隻松鼠般沿著那根頭髮結成的繩索滑了下來。她漫舞而去，來到橋頭，不等守橋的衛兵出聲喊叫，她已舞進他們當中，黑袍的衣擺一碰到他們，他們便陷入了沉睡。緹努維爾以她那擅舞的雙足所能輕快跑動的最快速度，遠遠逃走了。

緹努維爾逃走的消息傳到廷威林特耳中，他悲怒交集，難以言表。他的整個宮廷震動，整座森林也被到處搜了個遍，但緹努維爾已經遠去，接近了暗夜山脈腳下的陰暗丘陵。據說，戴隆追著她而去，卻徹底迷了路，再也沒有返回精靈之地，而是去了帕利索爾，現在他仍在那裡演奏絕妙的魔法樂曲，在南方的森林中懷著渴望，孤單度日。

不過，緹努維爾出發不久後，思及自己大膽的計畫和即將面對的前路，心中突然升起了一股恐懼。她因而回頭走了一段，並且落淚，希望有戴隆陪在自己身旁。據說，他離她確實不遠，但當時他在一片高大的松林中迷路徘徊，那就是暗夜森林，後來圖林不幸誤殺了貝烈格的那座森林。

緹努維爾此時走近了那片地方，但她沒有進入那片黑暗區域，而是重新鼓起勇氣，繼續前行。她沒有像貝倫那樣遭遇危險，因為她本身的魔力比他大，也因為她身邊圍繞著奇妙與睡眠的魔咒。然而，這段旅程對一個少女而言，仍然漫長、邪惡又令人精疲力盡。

在此要說，在那段時期，泰維多在世上只為一種東西煩惱，就是犬族。事實上，有很多犬類與貓族既非朋友亦非敵人，因為牠們已經變成米爾寇的走狗，就像他所有的動物一樣，兇猛又殘酷。正是從最殘酷、最兇猛的犬族中，米爾寇培育出了狼族，他也著實器重牠們。那段時期守衛安加曼迪大門，並且把守此門已久的，不就是巨大的灰狼，眾狼之父，「刀牙」卡卡拉斯嗎？不過，犬族當中仍有很多既不屈服於米爾寇，也不十分懼怕他。牠們有的生活在人類的居住地上守護他們，沒有牠們，人類就要遭受諸多邪惡侵害；還有的在希斯羅迷的森林中遊蕩，或翻過崇山峻嶺，有時甚至進入阿塔諾爾的疆域乃至更遠的地方，或遠達南方。

這些犬族只要看到泰維多或他的任何頭領下屬，就會大聲狂吠並展開瘋狂追逐。雖然貓有攀爬和躲藏的技巧，還有米爾寇的強大力量保護，因而很少被殺，但犬貓之間敵意甚深，群貓對其中一些獵犬也十分害怕。不過，泰維多什麼狗都不怕，因為他同犬類一樣強壯，而且比牠們更靈活、更迅捷，惟一的例外就是犬族之首胡安。胡安是如此迅捷，以至於曾有一次嘗到了一口泰維多的毛，儘管泰維多以巨爪回敬了胡安一道傷口，但驕傲的貓王並不滿足，他強烈渴望重創神犬胡安。

因此，緹努維爾在森林裡遇見了胡安，委實幸運，不過一開始她怕得要命，飛奔而逃，而胡安縱身兩躍就趕上了她，用深沉的嗓音輕聲說著迷途精靈的語言，吩咐她不要害怕。「為什麼我會看見一位精靈少女，而且是最美的一位，孤身遊蕩來到如此靠近那位邪惡愛努居處的地方？」他問，「小姑娘，即使有人陪伴，此處也是極其兇險之地，對孤身之人更是意味著死亡，妳難道不知道嗎？」

「我知道。」她說，「我不是因為熱愛旅行來到這裡的，我只是要來尋找貝倫。」
「那麼，妳對貝倫瞭解多少呢？」胡安說，「或者，妳說的其實是埃格諾爾·波—裡米安的兒子貝倫？我和精靈獵手埃格諾爾早在古時就是朋友。」
「我不告訴你。我甚至不知道你和我的貝倫是不是朋友。我只是要找來自嚴酷山嶺那一邊的貝倫，我是在我父親家附近的森林中認識他的。現在他走了，我母親格玟德淩憑她的智慧說，貝倫在貓王泰維多的殘酷住所中為奴。我不知道這是不是真的，也不知道他現在是不是遭遇了更大的不幸。我要去找他，儘管我沒有任何辦法。」
「那麼我就幫妳想個辦法。」胡安說，「但妳要信任我，我乃神犬胡安，泰維多的頭號大敵。現在，妳就在我身邊，在森林的陰影中先睡一會兒吧，我會深思此事。」
於是，緹努維爾照著他的話睡了，她非常疲憊，在胡安的守護下著實睡了很久。但一段時間之後，她醒過來，說：「瞧，我耽擱得太久了。說吧，胡安啊，你有什麼想法？」
胡安說：「這事甚是不祥艱難，我也只能想出一個方案。如果妳有勇氣，現在就趁太陽高照，泰維多和他的大多數臣屬都在他大門前的階梯上打瞌睡時，悄悄爬到那個貓王的住處去。到了那裡，妳就想辦法查明貝倫是不是如妳母親所言，確實在內。而我會去躺在不遠處的森林中，妳要幫我一個忙，那也能幫妳達成妳的願望——無論貝倫在不在那裡，如果妳遇見泰維多，妳都要告訴他，妳在這處森林裡無意中遇見了病倒在地的神犬胡安。可別指個方向給他，如果可能，妳一定要親自帶他過來。這樣，妳就能親眼看見我為妳想了什麼辦法對付泰維多。我認為，妳給泰維多帶去這樣的消息，他在自己的老巢中不會為難妳，也不會打算把妳囚禁在那裡。」

胡安打算一舉兩得，既可打擊泰維多，走運的話甚至能除掉他，又能幫助貝倫——他猜到這個貝倫實際上就是希斯羅迷的獵犬都熱愛著的埃格諾爾之子。事實上，當他聽到格玟德淩的名字，便知道這位少女是林地的仙靈公主，他渴望幫助她，她的甜美令他心生溫暖。

於是，緹努維爾鼓起勇氣，悄悄接近了泰維多的居所。她不知道胡安跟在後面，而胡安對她的勇敢驚歎不已，他在不破壞自己的計畫的前提下，跟著她走到不能再近的地方為止。但終於，她走出了他的視野，脫離了樹林的庇護，進了一片長草間點綴著灌木叢的區域，這是一道一直爬上山肩的斜坡。陽光此時正照在岩石山尖上，但在山尖背後，整道丘陵山脈的上方籠罩著一團黑雲，因為安加曼迪就在那裡。緹努維爾繼續前行，恐懼壓迫著她，她不敢抬頭望向那片昏暗。她越往前走，地勢越高，草越稀少，亂石越多，直抵一堵一側陡峭的崖壁前，泰維多的古堡就坐落在崖壁的一處岩架上。該處無路可達，古堡聳立的地方朝著森林伸出一道又一道的臺階，因此，要到達城堡門前，必須跳上很多高階，而且越是接近古堡，臺階落差就越大。古堡只有寥寥幾個窗戶，沒有一個在底層——事實上，大門就開在半空中，如果是人類的房子，那通常是二樓窗戶的高度。不過，屋頂有很多平坦的開闊地可以曬太陽。

此時，緹努維爾獨自踏上了最低的臺階，懷著恐懼仰望山上那座黑沉沉的古堡——看哪，她在石壁轉彎處遇到了一隻躺著曬太陽的貓，看起來像是睡著了。她走近時，他睜開黃眼睛，對她眨了眨，接著起身伸個懶腰，踱到她面前，說：「小妞，妳往哪裡去？知不知道你侵入了泰維多殿下與他的頭領們曬太陽的地盤？」

緹努維爾害怕極了，但她盡可能勇敢地答道：「大人，我不知道，」──她這稱呼令這隻老貓非常高興，因為他其實只是泰維多的門衛而已──「不過，我要請您行行好，現在帶我去見泰維多殿下──」她見門衛一甩尾巴斷然拒絕，連忙說，「別，哪怕他在睡覺。」

「大人，請您帶我去見他吧，我有重要的話得馬上親口對他說。」她請求道，老貓聽了，發出響亮的呼嚕聲，她不由得壯起膽子伸手撫摸老貓醜陋的頭，這顆頭比她自己的還大，也比如今大地上任何一隻狗的頭更大。這隻名叫烏穆揚的貓聽了這般請求，說：「那就跟我來吧。」接著他突然一爪抓住她肩頭的衣服，將大驚失色的她拋到自己背上，縱身躍上了第二層臺階。他在那裡停下來，緹努維爾從他背上爬下來時，他說：「妳運氣不錯，今天下午我家泰維多殿下就躺在這層遠離他家的低階上，因為我覺得好大一陣困倦襲來，得馬上睡一覺，怕是不樂意帶你往前走多遠啦。」此時緹努維爾穿的就是她那件迷霧般的黑袍。

烏穆揚說著就打了一個巨大的呵欠，又伸了伸腰，這才領她沿著臺階來到一處空地，空地上有個曬得熱烘烘的寬大石榻，泰維多本尊那嚇人的身軀就躺在上面，兩隻邪惡的眼睛都閉著。看門貓烏穆揚走上前，貼著他的耳朵輕聲說：「殿下，有個小妞在等您開恩召見，她說有重要的消息要告訴您，我拒絕了但她不肯走。」泰維多聽了，生氣地一甩尾巴，半睜開一隻眼說：「什麼事？快說，這可不是來找貓王泰維多稟報事情的時候。」

「確實不是時候，殿下，請別生氣，」緹努維爾顫抖著說，「但我覺得您聽了消息也不會生氣的。只是，這件事就算在這裡小聲說也不妥，怕會走漏風聲呢。」緹努維爾朝森林的方向瞥了一眼，裝得好像憂心忡忡。

「別說了，妳快滾吧，」泰維多說，「你一身狗味，一個跟狗打交道的仙靈能給貓帶來什麼好消息？」

「啊，殿下，我一身狗味不奇怪，因為我剛從一隻狗那兒逃出來——那真是一隻特別大的狗，您知道我說的是誰。」泰維多聞言坐了起來，睜開了眼睛，他左右看了一圈，伸了三個大懶腰，這才吩咐那隻看門貓帶緹努維爾進古堡去。烏穆揚如先前一樣把她拋到了自己背上。這下，緹努維爾恐懼到了極點，因為她已經得到了她想要的機會，可以進入泰維多的堡壘，也許能發現貝倫在不在裡面，但她沒有下一步計畫，也不知道自己會有什麼遭遇——事實上，她要是能逃，早就逃了。然而現在這兩隻貓開始攀登通往古堡的臺階，烏穆揚背著緹努維爾從一個臺階躍上另一個臺階，躍到第三個時他一個踉蹌絆倒，緹努維爾嚇得一聲大叫。泰維多說：「烏穆揚，你犯了什麼毛病，這麼笨手笨腳？你要是這麼快就老得不中用了，那就趁早離開我的衛隊。」但烏穆揚說：「不是，殿下，我也不明白這是怎麼回事，我眼前像是有片霧，腦袋昏沉沉的。」他就像喝醉了一樣搖搖晃晃，結果緹努維爾從他背上滑了下來，而他往下一躺，就睡死過去了。惱火的泰維多粗暴地一爪撈起緹努維爾甩到自己背上，親自背她上了堡門，接著淩空一躍，進了古堡。他叫緹努維爾下來，但聽一聲咆哮，可怕的回聲登時響徹了黑暗的走廊和甬道。立刻，群貓紛紛出洞，趕到他面前，他吩咐其中幾個下去把烏穆揚綁了，把他「從北邊最陡的山崖上丟下去，他對我已經沒用了，因為他已經老到腳都站不穩了。」緹努維爾聽到這隻野獸冷酷無情的吩咐，忍不住顫抖。但泰維多說話間，他自己也打了個大呵欠，一股突如其來的困倦令他腳下一絆。他吩咐其他的貓把緹努維爾領到裡面一個房間，那個房間向來是泰維多和他的心腹頭領們一起進食的地方。房間裡到處都是骨頭，有股難聞的味道。那裡沒有窗戶，只有一道門，還有扇活板門通往大廚房，紅光從那裡隱隱透進來，使房間被朦朧的光照亮。

群貓走了之後，留在房間裡的緹努維爾因為怕得厲害，有一會兒站在那裡動彈不得，但她很快適應了黑暗，便四處查看，發現了活板門。活板口有寬大的檯子，她跳了上去，因為檯子不太高，她又是身手敏捷的精靈。門沒關嚴，她往裡望去，只見那一端是寬敞的拱頂廚房，灶火熊熊，有不少辛苦忙碌的身影，其中大多是貓——但是，看哪，彎腰站在其中一處大灶旁的正是貝倫，因操勞而蓬頭垢面。緹努維爾見狀坐倒，流下了眼淚，但還不敢輕舉妄動。事實上，就在她坐倒的時候，泰維多那刺耳的聲音突然在房間裡響了起來：「嘿，米爾寇在上，那個瘋瘋癲癲的精靈逃到哪去了。」緹努維爾聽了，縮身靠在牆邊，但泰維多已經瞥見她縮在那裡，喊道：「小鳥這就不再唱歌啦。下來，不然我就親自抓妳下來。妳瞧，我可不會鼓勵精靈求見我來找消遣。」

於是，半是出於恐懼，半是希望自己清亮的聲音能傳到貝倫耳中，緹努維爾突然開始高聲地說起她要講的事，以至於一個個房間都回蕩起她的聲音。不過——「安靜！親愛的姑娘，」泰維多說，「既然這事是祕密，在外面不能說，那麼在裡面也不能大吼著講。」緹努維爾回道：「貓啊，別這麼對我說話，你固然是偉大的貓王，但我可是仙靈公主緹努維爾，不辭辛苦特意來幫你的忙。」這些話，她是用比剛才還大的聲音喊出來的，廚房裡登時傳來一聲巨響，就像有一堆金屬和陶制器皿突然砸落在地。泰維多聞聲吼道：「那個蠢貨精靈貝倫又出差錯了。米爾寇快幫我擺脫這種傢伙吧。」但是，緹努維爾推測貝倫定是因為聽見了她的話才震驚失措，她拋開了恐懼，不再為自己的魯莽而後悔。可泰維多為她這通傲慢言語怒不可遏，要不是他想先查明她要講的事能給他帶來什麼好處，緹努維爾就要直接倒大黴了。事實上，從那一刻開始，她就身陷極其危險的境地，因為米爾寇與他所有的將領都將廷威林特的子民視為不法之徒，他們把誘捕並殘酷地處置這些精靈當成莫大的樂趣，所以泰維多要是把緹努維爾抓去獻給米爾寇，將會大得主人的歡心。實際上，她一表明自己的身份，泰維多就打算這麼幹了，只等先把自己的事辦完。但這天他的神智其實一直昏沉沉的，他忘了追究緹努維爾為什麼縮在活板門的檯子上，他也沒再想到貝倫，全副心思都集中在緹努維爾要告訴他的事上。因此，他掩飾了惡劣的情緒，說：「公主，別生氣，快講，別再吊我的胃口——妳要告訴我的是什麼事？我的耳朵都等癢了。」

但緹努維爾說：「有一隻粗魯又兇狠的巨大野獸，名叫胡安。」泰維多一聽這名字，便一拱背，全身炸毛劈啪直響，兩眼放出紅光。她則繼續說：「泰維多殿下，依我看，容忍這麼一個畜生在如此靠近大有威勢的貓王居所的森林裡出沒，真是恥辱。」然而泰維多說：「他可不被容忍來此，來也只能是偷偷摸摸來的。」

「不管是怎麼來的，」緹努維爾說，「總之他是來啦，不過我認為他那條命可能終於要到頭了。因為，你瞧，我穿過森林的時候，看見有個龐然大物躺在地上呻吟，就像生了重病——看哪，那是胡安，中了邪惡的魔咒，要麼就是疾病纏身，正無助地躺在森林中的一個溪谷裡，就在這座古堡西邊不足一哩遠的地方。如果只有這一件事，我可能還不會來打擾您的清靜，可我走近去救援那個畜生的時候，他不但對我咆哮，還企圖咬我，我覺得這樣的畜生不管遭遇什麼下場都不為過。」

緹努維爾說的這一切，就是個彌天大謊，是胡安在定計的時候指點她說的。埃爾達少女並不習慣編造謊言，然而我不曾聽說哪個埃爾達為此責備她，事後貝倫也沒有，我就更不會了，因為泰維多是隻邪惡的貓，米爾寇更是所有生靈中最邪惡的，緹努維爾落在他們手中真是危險到了極點。不過，泰維多自己就是個說謊的高手慣犯，他因為精通百獸萬物的狡計和謊言，極少去判斷該不該相信別人告訴他的話，而是傾向於什麼都不信，只信自己願意相信的，因此，比較誠實的人經常能騙倒他。這個胡安淪入無助境地的故事令他非常高興，他很樂意信以為真，所以決定至少要去查驗一下。不過起先他假裝毫無興趣，說這種小事算什麼祕密，就算在外面說出來也不會有什麼麻煩。但緹努維爾說，她以為貓王泰維多肯定已經知道，胡安的耳朵能聽見一裡格外的風吹草動，而貓的聲音傳得比任何聲音都遠。

因此，泰維多裝作不信緹努維爾的話，設法從她那裡問出胡安確切的位置，但她明白這是自己逃離古堡的惟一希望，於是只肯含糊地回答。最後，泰維多禁不住好奇心的誘惑，就威脅她若說的是假話，必讓她落得淒慘下場。他召來手下兩個頭領，其中一個名叫歐伊克洛伊，是隻兇猛好戰的貓。然後，三隻貓帶著緹努維爾從古堡出發了。緹努維爾這時已經脫下她的魔法黑袍折疊起來，它雖寬大厚實，疊起來卻不比一塊極小的手帕大多少（她有這本事）。背著她的貓歐伊克洛伊因而沒有忽然感到困倦，他把她馱在背上，躍下重重臺階，沒出半點差錯。他們悄悄穿過森林，朝她指點的方向走去。不久，泰維多就嗅到了狗味，他全身炸毛，一甩巨大的尾巴，隨即爬上一棵高聳的大樹，從那裡往下眺望那個緹努維爾告訴他們的溪谷。他看見胡安果然在那裡，龐大的身軀趴在地上，唉哼呻吟。他大喜之下，匆忙爬下樹來，心癢難耐，把緹努維爾忘得一乾二淨——她這時已經躲到一排羊齒蕨下，十分擔心胡安的安危。泰維多打算和兩個同伴從三個方向包抄，無聲無息地進入溪谷，趁胡安還沒察覺時一齊發動突襲殺了他，或者，胡安要是病得太厲害，無法反抗，那他們就拿他消遣，折磨他。他們就照這個計畫做了，但是，就在他們縱身撲向胡安時，他一聲巨吠躍至半空，大張的齒顎一口咬住名叫歐伊克洛伊的那隻貓的後頸附近，那貓頓時送了命；另一個貓頭領嚎叫著竄上了一棵大樹，如此一來只剩下泰維多獨自與胡安決鬥。泰維多並不情願打這麼一場遭遇戰，但胡安撲來的速度太快，他來不及逃跑，於是雙方在那片林間空地展開了惡鬥，泰維多發出的吼叫令人毛骨悚然。胡安最後咬住了泰維多的咽喉，那隻貓要不是在盲目狠抓時爪子刺入了胡安的眼睛，很可能就一命嗚呼了。胡安遭此一擊，鬆了口，泰維多發出駭人的尖叫，猛力掙脫出來，像他的同伴一樣躍上旁邊一棵樹皮光滑的大樹。胡安傷得雖重，卻還是猛撲到大樹下，高聲狂吠，泰維多則從高處拿一句句惡毒的話咒罵他。

於是，胡安說：「瞧，泰維多，虧你以為胡安就像你平日獵捕的可憐老鼠一樣，會無助地任你抓捕殺害，現在就聽聽胡安怎麼說——你要麼永遠待在這棵孤伶伶的大樹上，流幹了血而死，要麼就下來再嘗嘗我的牙齒。但如果兩個你都不喜歡，那就告訴我，仙靈公主緹努維爾和埃格諾爾之子貝倫在哪裡，他們是我的朋友。你可以用他們來贖你的命——雖然你的命根本不值這個價。」

「要說那個該死的精靈，我若沒聽錯，她正躺在那邊的蕨叢裡哼哼唧唧哭著呢，」泰維多說，「至於貝倫，一個鐘頭前他笨手笨腳砸壞了東西，我想他正在古堡的廚房裡被我的廚子米奧力狠撓著收拾。」

「那就把他們平平安安地交給我。」胡安說，「然後你就可以完完整整地回你的老巢去，舔你自己的皮毛。」

泰維多說：「這個隨我在此的頭領一定會去把他們給你帶來。」但胡安咆哮道：「哈，同時也把你們一整族貓都帶來是吧，外加奧克大軍和米爾寇的禍害災殃。不行，我可不是蠢貨。不如你給緹努維爾一個信物，由她去帶貝倫來，你要是不願意這麼安排，就待在這裡好了。」於是，泰維多被迫把他的黃金項圈扔了下來，這個信物沒有貓敢回拒。但胡安說：「不行，還得有點別的，這個項圈會惹得你全部的爪牙都出來找你。」而泰維多曉得這點，並且正是這麼期待的。因此，到了最後，疲憊、饑餓和恐懼挫敗了那隻身為米爾寇座下親貴的驕傲的貓，他吐露了貓族的祕密與米爾寇託付他的魔咒，正是這些具有魔力的咒語把他那座邪惡古堡的岩石束縛在一起，並讓所有的貓族都受他支配統治，給他們灌注天性以外的邪惡力量。泰維多是個披著野獸外型的邪惡神靈，這樣的傳言由來已久。因此，當他說出祕密，胡安的大笑響徹整座森林，因為他知道貓族勢力強大的日子到此為止了。

緹努維爾拿著泰維多的金項圈，急速趕回古堡，她在大門下最低的臺階上站定，用她清亮的聲音說出了魔咒。看哪，周圍頓時貓叫聲大作，泰維多的古堡也震動起來。堡中出來了一大群住客，牠們全都縮成了小貓，害怕手裡搖著泰維多項圈的緹努維爾。她站在群貓面前，說了她聽到泰維多告訴胡安的那些咒語，群貓都為她所懾服。但她說：「聽著，把堡內囚禁的所有精靈子民和人類子孫都帶出來。」看哪，貝倫被帶出來了，但別的奴隸只有一個，就是上了年紀的諾姆族精靈吉姆利，他因苦勞而駝背眼瞎，但所有的歌謠都說，他擁有世間有史以來最靈敏的聽覺。吉姆利是拄著柺杖，被貝倫攙扶著走出來的，貝倫則憔悴枯槁，衣衫破爛，手裡還握著一把從廚房拿來的大刀——當古堡震動，群貓叫聲傳來時，他害怕又有新的邪惡降臨了。當他看到緹努維爾站在一大群不敢離她太近的貓中間，又見到泰維多的大項圈，他徹底驚呆了，頭腦一片空白。但緹努維爾非常高興，她開口說：「從嚴酷山脈那邊來的貝倫啊，現在你願不願意和我一起跳舞？不過，別在這裡跳就是了。」然後她領貝倫遠離此地，群貓一齊發出長嚎哀叫，就連森林中的胡安和泰維多也聽見了。但群貓誰也不敢尾隨緹努維爾和貝倫，因為牠們心中害怕，米爾寇的魔法已經從牠們身上解除了。

等泰維多領著他那顫抖不停的隨從返回古堡，群貓著實為此後悔不迭，因為泰維多怒火沖天，狠狠甩動尾巴，抽了所有近旁的貓。而當貝倫和緹努維爾回到那片林間空地，神犬胡安已經做了一件貌似愚蠢的事，就是沒再開戰就容許邪惡的貓王返回了老巢。不過，胡安把那個巨大的黃金項圈戴到自己的頸上，此舉令泰維多尤其憤怒，因為項圈中蘊藏著賦予力量和權威的強大魔力。胡安並不樂見泰維多活下去，但他現在再也不怕貓了。從此以後貓族一見犬族就飛奔而逃，而犬族自從泰維多在安加曼迪附近的森林中臣服，也一直鄙視貓族。這是胡安最大的功績。更有甚者，米爾寇事後聽聞全部經過之後，詛咒了泰維多和他的族類，將貓族流放，貓族從那一天起也再不曾奉任何人為王、為師，不與任何人為友，叫聲變得哀淒尖厲，因為牠們內心孤單怨懟異常，充滿了失落，然而其中只有黑暗，沒有慈愛。

不過，傳說講述，當時泰維多最渴望的就是重新抓獲貝倫和緹努維爾，並殺了胡安，如此他或能得回失去的魔咒和魔法，因為他極其懼怕米爾寇，不敢尋求主人的幫助，害怕暴露自己的失敗和魔咒洩漏一事。胡安對此雖不知情，但他忌憚那片地方，最擔憂的是這些事就像世間發生的大多數事情一樣，會迅速傳到米爾寇耳中。因此，緹努維爾和貝倫同胡安一起漫遊到了遠方，二人和胡安成了摯友，這樣的生活讓貝倫又強壯起來，他擺脫了奴隸的束縛，而緹努維爾愛上了他。

然而，那段日子原始、艱苦，又非常孤獨，他們不曾見到一個精靈或人類的臉。最後，緹努維爾對母親格玟德淩的思念變得十分強烈，她還思念母親在暮色籠罩他們家古老殿堂旁邊的森林時，唱給她和戴隆聽的那些充滿甜美魔力的歌謠。她常常幻想自己聽見哥哥戴隆的笛聲在他們逗留的宜人的林間空地中響起，她的心情變得沉重起來。最終，她對貝倫和胡安說：「我必須回家了。」這下，輪到貝倫的心被悲傷籠罩，他愛這種與狗相處（這時已有大群的狗聚在胡安身邊）的林中生活，然而他不能沒有緹努維爾的陪伴。

儘管如此，他還是說：「親愛的緹努維爾，我決不會隨妳返回阿塔諾爾的領地，以後也不會再去那裡找你，除非我帶著一顆精靈寶鑽。但如今我再也不可能完成那個任務了，因為我可是從米爾寇那殿堂裡逃出來的亡命徒，他的爪牙只要發現我，我就有遭受最可怕的痛苦折磨的危險。」他說這些話時，內心為即將與緹努維爾分別而悲痛萬分，而她也進退兩難，覺得不管是離開貝倫還是永遠過著這種流亡生活，都不堪忍受。她滿懷愁緒，無言靜坐了很長一段時間，但貝倫坐在她旁邊，最終說：「緹努維爾，我們只有一個辦法——去奪回一顆精靈寶鑽。」於是，她去找胡安，尋求他的幫助和建議，胡安卻十分嚴肅，認為此舉完全是荒唐不智的。然而，緹努維爾最後求他把他在那場林間空地的搏鬥中咬殺的歐伊克洛伊的毛皮給他們。要知道，歐伊克洛伊是隻非常大的貓，胡安把他的毛皮當作戰利品帶在身邊。

緹努維爾施展她的巧技與仙靈魔法，將貝倫縫進這張皮裡，使他變得活像一隻大貓。她又教他如何坐下，如何伸懶腰，如何像貓一樣邁步、跳躍、奔跑，直到胡安被眼前景象刺激得鬍子都豎起來了，貝倫和緹努維爾見狀，哈哈大笑。不過，貝倫怎麼都學不會像貓一樣尖叫、長嚎或打呼嚕，緹努維爾也無法讓死貓的眼睛發出紅光——「但我們只能硬著頭皮上了，」她說，「你只要不出聲，就能擺出十足高貴的貓的氣勢。」

於是他們告別胡安，悠閒地上路，前往米爾寇的殿堂，因為貝倫裹在歐伊克洛伊的毛皮內極不舒服，熱得要命，而那會兒緹努維爾沉重了許久的心情放輕鬆了些，她撫摸貝倫，或拉扯他的尾巴，貝倫很惱火，因為他沒法像他想要的那樣，兇猛地掃動尾巴回敬。然而，他們終於接近了安加曼迪，事實上，隆隆的響聲和深沉的噪音，一萬個鐵匠不停勞作所發出的巨大錘打聲，無不昭示著他們身在何處。附近有很多作坊，裡面有諾多族的奴隸在山中的奧克和獸人監管下悲慘地做著苦工。見到此地如此昏黑，他們的心都沉了下去，緹努維爾再次穿上了她那件使人沉睡的黑袍。安加曼迪的醜惡大門是鐵鑄的，門上遍布利刃和尖刺，門前則躺著有史以來最大的狼——從不打盹的「刀牙」卡卡拉斯。卡卡拉斯一見緹努維爾走近，便咆哮起來，但他沒怎麼留意那隻貓，因為他從不理會那些不停出出入入的貓。

「卡卡拉斯啊，且別咆哮，」她說，「我要去謁見米爾寇大王，這位泰維多手下的頭領是我的衛士，得陪我進去。」那件黑袍把她閃爍的美遮得絲毫不露，卡卡拉斯沒怎麼起疑心，但他依舊習慣地走上前來嗅聞她的氣味，而埃爾達的甜美香氣是黑袍掩蓋不住的。緹努維爾因而立刻開始跳一支蘊藏魔力的舞，把黑色面紗的流蘇拋去蒙住他的眼睛，於是他因為困倦而四腿發軟，接著滾倒在地，睡著了。但緹努維爾一直跳到他熟睡才停下來，任他夢見自己幼時在希斯羅迷的森林中縱情奔跑追獵。接著，她和貝倫踏進那黑暗的入口，蜿蜒走下一段又一段暗影幢幢的通道，最後不期然闖到了米爾寇面前。

在那地的昏暗中，扮成泰維多手下頭領模樣的貝倫走得相當順利，事實上，過去歐伊克洛伊經常在米爾寇的殿堂裡出入，所以沒人注意他，他悄悄潛到那位愛努的寶座下，沒被發現，但寶座底下躺著的毒蛇和邪物令他十分害怕，因此他一動也不敢動。

至此他們堪稱幸運無比，因為假如泰維多在米爾寇身邊，他們的偽裝肯定要被識破——他們也確實想到了這層危險，因為他們並不知道泰維多現在正待在自己的老巢，發愁自己這場狼狽大敗要是在安加曼迪傳開，該怎麼應對才好。但是，看哪，米爾寇看見了緹努維爾，說：「妳是何人，竟在我殿中如蝙蝠般遊走？妳分明不屬此地，如何得以混入？」

「米爾寇大王，我現在是還不屬於這裡，」緹努維爾說，「但您若開恩，我說不定今後就屬於了。您想必不認識我，我是廷威林特那個不法之徒的女兒緹努維爾，他把我趕出家門，因為他這個精靈飛揚跋扈，我不情願聽他擺布。」

這下米爾寇是真的大吃一驚——廷威林特的女兒竟然自願來到他的居所，來到恐怖的安加曼迪。他懷疑事有蹊蹺，於是問她想要什麼：「妳難道不知道，此地不喜妳父親和他的子民？妳也休想從我這裡聽到溫言軟語和鼓勵之詞。」

「我父親就是這樣說的，」她說，「但我為什麼要相信他？您瞧，我有一項精妙的才藝，就是舞蹈。大王，現在我願在您面前一舞，然後，我想我就能在您大殿那不起眼的角落裡獲得一席安身之地，您來了興致就可以召來小舞娘緹努維爾，給您跳支舞寬寬心。」

「我看未必，」米爾寇說，「我可不為這等微末之事費神，但妳既然走了這麼遠來跳舞，那就跳吧，然後我們走著瞧。」說完他眼波邪魅一轉，黑暗的頭腦琢磨起邪惡的念頭。

於是，緹努維爾開始跳起一支舞，這舞於她自己或任何精怪、神靈、精靈，都既是空前，亦是絕後。她舞了一會兒，就連米爾寇也看得目不轉睛。她繞著大殿舞動，輕靈如燕子，安靜如蝙蝠，那魔幻般的美惟獨緹努維爾才有。她接著舞到米爾寇近旁，忽而在他面前，忽而在後，她那迷霧般的衣袍輕觸他的臉，在他眼前翻飛，大殿中那些坐在牆邊或站在四處的爪牙一個接一個抵擋不住倦意，陷入了深沉的睡夢，夢著他們邪惡的內心所渴望的一切。

米爾寇座下的毒蛇如石頭般一動不動，米爾寇腳前的惡狼紛紛打著呵欠入眠，米爾寇雖也看得入迷，卻沒有睡著。於是，緹努維爾在他眼前舞得更快了，邊跳邊用極低微、極美妙的聲音唱起一首歌，那是很久以前格玟德淩教給她的，一首每當金樹的光輝漸暗，熙爾皮安的光輝亮起時，少男少女們在羅瑞恩花園裡的柏樹下唱的歌。歌中織入了夜鶯的鳴囀，隨著她的腳步如風中羽毛一般輕輕點過地面，似有種種幽微的香氣在空中飄散，充滿了那處令人作嘔之地，如此美人佳音，那地再不復見。愛努米爾寇縱有力量與威勢，仍然不敵這位精靈少女的魔法；即便羅瑞恩在場觀看，眼皮也要沉重起來。於是，米爾寇昏昏沉沉地往前栽去，最後全身一沉滑下寶座，倒在地上徹底睡熟，他的鐵王冠滾了開去。

緹努維爾驟然停下了腳步。大殿中除了沉睡的鼾聲不聞一絲異響，就連貝倫都在米爾寇的寶座下呼呼大睡，但緹努維爾動手搖他，終於把他搖醒。於是，貝倫戰戰兢兢地把偽裝用的毛皮撕開，脫身後一躍而起。然後，他拔出那把他從泰維多的廚房拿來的刀，抓住了巨大的鐵王冠。但緹努維爾挪不動它，貝倫用盡力氣才勉強將它翻轉。在這滿是沉睡邪物的黑暗大殿裡，他們都嚇得手忙腳亂，貝倫竭力不發出半點聲音，拼命用刀去撬一顆精靈寶鑽。他額上汗如雨下，終於撬鬆了中間那顆大寶石，但就在他猛力將它撬下王冠時，瞧！他的刀啰嚓一聲爆響，斷了。

緹努維爾見狀，強忍住沖到嘴邊的叫喊，貝倫則握著一顆精靈寶鑽跳了開去。所有的沉睡者都驚動了，米爾寇呻吟了一聲，彷彿有什麼壞事驚擾了好夢，睡臉上流露出陰沉的神色。緹努維爾與貝倫二人這時已經滿足於只取得一顆閃光的寶石，不顧一切地逃離了大殿。他們跌跌撞撞，瘋狂地穿過諸多黑暗的通道，直到灰濛濛的天光在望，他們知道大門近了——但看哪！卡卡拉斯就橫躺在大門口，已經醒來，正警惕守望。

貝倫立刻上前，不顧緹努維爾的反對，將她擋在背後，而這一擋的後果不妙，因為緹努維爾來不及搶在那隻猛獸看見貝倫之前，再次向他施展沉睡的魔咒了。卡卡拉斯一見貝倫便露出獠牙，憤怒地咆哮起來。緹努維爾問：「卡卡拉斯，何以如此唐突無禮？」刀牙反問：「剛才不見這個諾姆族進去，何以他這時急著往外跑？」語畢，卡卡拉斯徑直撲向貝倫。貝倫瞄準巨狼的兩眼之間一拳打去，同時伸出另一隻手去抓巨狼的咽喉。

卡卡拉斯張開血盆大口，一口咬住打來的拳頭，而貝倫那隻手裡緊握著光芒熾烈的精靈寶鑽。卡卡拉斯連拳頭帶寶石一齊咬下，吞落赤紅的咽喉。貝倫劇痛無比，緹努維爾驚恐悲痛萬分，但正當他們以為巨狼的利齒就要撕咬過來時，出乎意料地，一件奇怪又可怕的事發生了。看哪，精靈寶鑽迸發出天性中一團原本隱藏的白熾光焰，它充斥著極烈的神聖魔法——它豈不是來自蒙福之地維林諾，在邪惡尚未來臨之前依靠諸神和諾姆族的魔咒造就？它不容邪惡之身或不潔之手碰觸。此刻它被吞進了卡卡拉斯那汙穢的肉體，那頭猛獸腹中忽然間被熾焰燒灼，痛苦萬分，他劇痛之下發出的咆哮聲在一條條石道中回蕩，聽起來極其駭人，裡面所有沉睡的邪物都被驚醒了。於是，緹努維爾和貝倫像風一樣衝出大門逃走，卡卡拉斯卻已領先他們奔遠，暴怒又瘋狂，就像一隻被炎魔追趕的野獸。隨後，當他們緩下來喘口氣時，緹努維爾捧著貝倫的殘臂連連親吻，淚如雨下。看哪，血止住了，疼痛也消散了，在她的愛的溫柔治療下，斷腕痊癒了。從此以後，貝倫在所有的子民中都被冠以「獨手」埃爾馬布威德的名號，用孤島的語言來說就是「埃爾馬沃伊提」[1]。

1 譯者注：「埃爾馬布威德」（Ermabwed）和「埃爾馬沃伊提」（Elmavoitë）都是「獨手」的意思，即《精靈寶鑽》中的埃爾哈米恩（Erchamion）。

然而他們此刻必須考慮倘若有命逃走，該如何逃走。米爾寇因那顆寶石被奪走而大發雷霆，如此震怒精靈前所未見，他把手下所有可怕的奧克都派出來對付那二人，但緹努維爾用一部分黑袍裹住了貝倫，因此他們在山嶺間趁著暮色與黑暗飛奔時，有好一陣都沒有人看見。

即便如此，他們仍然很快就感覺到獵人的羅網正朝他們漸漸收緊。雖然他們已經穿過陶爾浮陰森林的重重幽暗，抵達熟悉的森林邊緣，但離石窟之王仍有許多裡格的險路，而且哪怕他們能到，看情形也只會把緊跟在後的追兵連同米爾寇對整支林中子民的痛恨都引去那裡。他們引起的這場騷動著實聲勢浩大，以至於胡安在很遠的地方也聽說了，他對那二人的大膽之舉深感驚奇，對他們能逃出安加曼迪更覺得不可思議。

胡安因而率領大群的狗穿過森林，獵殺奧克和泰維多手下的頭領，他殺了眾多敵手，或把他們嚇得飛奔而逃，而他也因此負傷累累。直到有一天傍晚，維拉引他來到阿塔諾爾北方地區的一處林間空地——該地日後稱為「黑暗偶像之地」南杜姆戈辛，不過那就是另一件事了，與這個故事沒有關係。然而，即便在當時，那裡也是一片陰沉不祥的黑暗之地，在低矮的林木底下遊蕩的恐怖甚至不亞於陶爾浮陰森林。緹努維爾和貝倫這兩個精靈，正疲憊又絕望地躺在林中，緹努維爾在哭泣，但貝倫在撫摸他那把刀。

胡安見了他們，不容他們開口講述任何經歷，徑直將緹努維爾放上自己寬闊的肩背，並吩咐貝倫以最快的速度跑在他身旁，「因為，」他說，「有一大隊奧克正迅速朝這裡來，還帶著狼群負責追蹤和偵查。」胡安的狗群跑在他們周圍，他們沿著祕密的小道捷徑疾奔，朝遠方廷威林特麾下子民的家園前進。就這樣，他們避過了敵人的大隊人馬，但隨後還是有若干次遭遇了遊蕩的邪物，貝倫殺了一個險些把緹努維爾拽下來的奧克，立了一件大功。接著，胡安眼看追兵仍然緊緊相逼，便再次領他們取道蜿蜒的小徑，不敢直接帶他們返回森林仙靈的領地。不過，他領的路十分巧妙，數日之後，追獵他們的隊伍終於被遠遠拋開，他們再沒看見或聽見成隊奧克的動靜。沒有獸人伏擊他們，夜裡也沒有隨風傳來任何邪惡狼群的嚎叫，這很可能是因為他們已經踏進格玟德淩的魔法範圍之內，是她的魔法讓邪物無路可循，保護森林精靈的領土不受侵害。

於是，緹努維爾自從逃離父親的殿堂之後，第一次得以自由呼吸。貝倫在遠離安格班重重陰影的陽光下休養，直到擺脫了最後一絲為奴的苦痛。陽光透過綠葉的間隙灑落，清新的風呢喃低語，鳥兒婉轉歌唱，他們因而再度全然無懼。

儘管如此，最後還是到了那麼一天，貝倫從沉睡驚醒，就像從充滿快樂的美夢中突然清醒過來。他說：「胡安啊，最值得信賴的夥伴，再會了；還有妳，我深愛的小緹努維爾，也再會了。我只求妳，現在立刻返回妳安全的家園，願好胡安為妳帶路。而我——唉，我必須離去，進入森林孤獨度日，因為我失去了那顆我獲得的精靈寶鑽，並且再也不敢接近安加曼迪，因此，我也不能踏進廷威林特的殿堂。」說完，他獨自落淚，但緹努維爾就在附近，她聽到了他的自言自語，來到他身邊說：「別這麼說，現在我的心意變了。貝倫．埃爾馬布威德啊，如果你住在森林裡，那我也要住在森林裡，如果你想去荒野遊蕩，那我也要去遊蕩，若不是與你同行，就是追隨你而去。只是，如果你不帶我去見他，我父親就再也見不到我了。」貝倫聽了她這番深情話語，的確很高興，他樂意做個荒野中的獵手，與她一起生活，但他的心卻因她為他做出的犧牲而譴責自己，因此他為她放棄了自己的驕傲。事實上，她勸說他，說頑固是愚蠢的，她父親一定很高興見到女兒還活著，必會純然歡喜地歡迎他們。「說不定，」她說，「他會為自己一句玩笑，就害你一隻好好的手葬送在卡卡拉斯嘴裡而感到羞愧。」她還求胡安抽空隨他們一同回去，用她的話說就是：「胡安啊，我父親如果真的疼愛自己的女兒，就欠你莫大的報答之情。」

於是，三位夥伴再次一同出發，終於回到那片緹努維爾熟悉、熱愛的森林，那裡鄰近她族人的居住地與她家的深廣殿堂。但是，他們走近時發現久久未見的恐懼和騷動在居民當中傳播，他們詢問一些在自家門前哭泣的人，得知自從緹努維爾祕密逃跑那天起，厄運就降臨到他們頭上。瞧，國王悲傷得發狂，放鬆了自古以來的警戒和謹慎。他把麾下戰士派到各地，深入險惡的森林去搜尋公主，有很多戰士被殺或永遠失蹤了。在他們北方和東方的整片邊境上，都展開了與米爾寇爪牙的戰鬥，因此居民大為恐懼，怕那位愛努大舉興兵，來徹底消滅他們，而格玟德淩的魔法力量不夠，擋不住奧克大軍。「瞧，所發生的不幸裡最糟糕的就是，」他們說，「格玟德淩王后很長一段時間以來都漠然而坐，不言不語也不笑，憔悴的雙眼似乎在遙望遠方，她環繞森林布下的魔法之網已經被削弱了。森林也死氣沉沉，因為戴隆一去不返，林間空地上再也聽不到他的樂曲了。說到這裡，再聽聽我們所有的噩耗之最，要知道，有一隻體內被邪靈占據，來自邪惡殿堂的巨大灰狼向我們發起了狂怒的攻擊，他彷彿被一種隱藏的瘋狂鞭策著前進，誰都不安全。他瘋狂地咆哮亂咬，穿過森林時，已經殘殺了很多生靈，因此就連從國王的殿堂門前流過的那條河，兩岸也成了危險潛伏之地。那隻駭人的狼常到河邊飲水，看起來就像邪惡君王本人，雙眼血紅，舌頭垂在外面，不管喝多少水都解不了渴，彷彿體內有大火在吞噬他。」

緹努維爾聞言，想到她的族人遭遇了這麼多不幸，不禁悲傷，而最令她心中悲苦的是關於戴隆的消息，這事她此前絲毫不曾風聞。但她亦無法希望貝倫從未來到阿塔諾爾的領地。他們一同趕去覲見廷威林特。而森林精靈之前根本不敢奢望還能見到緹努維爾毫髮無傷地回到他們當中，此時這既成真，他們已經開始覺得邪惡告終了。

他們見到廷威林特國王時，他深陷在憂鬱中，但當緹努維爾踏進大殿，拋開她黑暗迷霧似的外袍，以她從前珍珠般的光輝樣貌重新站在他們面前，廷威林特的悲傷在　那間化成了歡喜的淚水，格玟德淩也欣喜得再次歌唱。有那麼片刻，大殿裡充滿了歡笑和驚奇，但終於，國王把目光投向了貝倫，說：「這麼說，你也回來了——毫無疑問，你是帶著一顆精靈寶鑽回來的，以補償你給我的國度帶來的所有不幸。倘若你沒辦到，那我不知道你為何在此。」

緹努維爾聽了，跺腳大喊一聲，她這前所未見的無畏情緒驚動了國王與他身邊所有的人。「真叫人羞愧啊，父王——看，他是勇者貝倫，你一句玩笑就將他驅趕到黑暗之地，使他被邪惡囚禁，全靠維拉解救，他才免於慘死。我認為，一位埃爾達的國王不該辱罵他，而該獎賞他才是。」

「不，」貝倫說，「妳父王有這權力。」他接著說，「就是現在，我手中也握著一顆精靈寶鑽。」

國王十分吃驚：「那就拿出來給我看。」

「我做不到，」貝倫說，「因為我的手不在這裡。」然後他伸出了傷殘的手臂。

於是，國王見他態度舉止頑強又不失禮，不禁心回意轉，認可了他。他吩咐貝倫和緹努維爾詳述二人各自的全部遭遇，他急著想聽，因為他沒有完全理解貝倫那些話的意思。等他聽完一切，他心裡就更賞識貝倫了。他也為緹努維爾心中甦醒的愛而訝異，她的愛竟讓她立下了比他麾下的任何戰士都大膽的偉大功績。

「貝倫啊，我請求你，」他說，「永遠別再離開這座宮廷，也別再離開緹努維爾身側，因為你是一位偉大的精靈，各支親族當中將永遠傳頌你的盛名。」然而貝倫傲然答道：「不，國王啊，我信守我對你的承諾，我會為你取得那顆精靈寶鑽，否則無法安心居住在你的殿堂。」國王懇求他不要再去踏入黑暗的未知疆域，但貝倫說：「我不需要那麼做——看哪，那顆寶石現在就在你的石窟附近。」他向廷威林特說明，那頭在他的領地內大肆破壞的野獸不是別人，正是給米爾寇守門的狼衛卡卡拉斯。此事並非廣為人知，貝倫乃是從胡安那裡得知了實情——獵犬無不擅長辨識、追蹤痕跡，而胡安更是精於此道，獵犬中無出其右。胡安這時就與貝倫同在大殿上，他聽到國王與貝倫討論如何開展一次盛大的追獵行動時，請求參與此事，國王欣然同意了。於是，國王、貝倫和胡安做好準備，去追獵那頭野獸，好為所有的子民除掉恐怖的惡狼，如此貝倫也可信守承諾，帶回一顆精靈寶鑽，讓它再次在精靈之地閃耀。這次追獵行動由廷威林特國王親自率領，貝倫追隨在他身側，國王的勇士之首「重手」瑪布隆挺身而出，抓起一支長矛——那是與邊遠地區的奧克作戰時繳獲的強大武器，犬中最強的胡安則昂然走在他們身旁。但依國王之意，他們沒帶其他人同行，因為國王說：「即便要獵殺的是來自地獄的惡狼，我們四個也足夠了。」但是，只有真正見過那隻猛獸的人才知道它有多麼可怕，牠幾乎與人類的馬匹一樣高大，呼出的強烈臭氣竟能熏爛所有被噴到的東西。他們在太陽升起的時刻出發，不久，胡安就在離王宮大門不遠處的水邊發現了新鮮的蹤跡。「不錯，」他說，「這正是卡卡拉斯的足跡。」接下來，他們沿著那條溪流走了一整天，河岸多處可見新遭踐踏蹂躪的痕跡，溪流周圍的水塘都被弄得汙穢不堪，彷彿不久之前有一群著魔發瘋的野獸在此翻滾撕打過。

此刻夕陽西沉，漸漸墜到西邊樹林背後，夜色悄悄從希斯羅迷蔓延而下，森林中的光線因而暗淡下去了。雖然如此，他們還是堅持走到胡安無法追蹤下去為止，足跡在那裡突然轉離了溪邊，或消失在了水中。於是，他們在那裡紮營，在溪邊輪流守夜，前半夜就這樣過去了。

就在貝倫守夜時，遠方突然爆發了一聲極其恐怖的大吼，彷彿有七十隻狂怒的狼同時嚎叫。接著，看哪！灌木劈啪作響，小樹紛紛折斷，恐怖正在逼近，貝倫知道卡卡拉斯來攻擊他們了。他只來得及把旁人叫醒，他們剛跳起來，還未醒透，一個龐大的身影就赫然聳現在搖曳的月光中，牠正像瘋了一樣狂奔，路線向溪流彎去。胡安見狀高聲吠叫，那頭野獸立刻急轉，朝他們奔來。巨狼口吐白沫，眼冒紅光，扭曲的臉上交織著恐怖與憤怒。狼一離開樹林，胡安便毫無懼意地衝上前去，但那狼奮力一躍，從神犬上方躍過，因為他認出了站在後面的貝倫，怒火瞬間熊熊高漲，他那黑暗的頭腦認定貝倫就是他所有痛苦的起因。貝倫見狀，飛快地將手中長矛往上刺入巨狼的咽喉，胡安再次撲過來咬住巨狼的後腿，與此同時，國王將長矛刺入了巨狼的心臟。卡卡拉斯如石塊般翻倒，他體內的邪靈一湧而出，微弱地哀嚎著翻過黑暗的山嶺，奔向曼督斯的殿堂。但貝倫被壓倒在他沉重的軀體底下。他們將巨狼的屍體推翻過身，動手剖開牠的肚子，但胡安舔著貝倫流血的臉。很快，貝倫所言就得到了證實，巨狼的五臟六腑已經空了一半，彷彿有一場大火在體內悶燒已久，突然間，黑夜被一團點綴著蒼白與神祕色彩的奇妙輝光照亮，那是瑪布隆從狼腹中取出了精靈寶鑽。他向國王奉上精靈寶鑽，說：「陛下，您看。」但廷威林特說：「不，除非是貝倫把它親手交給我，否則我不會拿。」然而胡安說：「而那很可能永遠無法實現了，除非你們趕快救治他，我認為他傷得太重了。」瑪布隆和國王聞言，都感到羞愧。

因此，他們將貝倫輕輕抬到一旁，為他清洗療傷。貝倫仍在呼吸，但他沒有開口，也沒有睜開眼睛。他們休息了片刻，等太陽升起，他們將貝倫放在樹枝做成的擔架上，抬著他盡可能小心地穿過森林往回走。將近中午時，他們再次接近了森林精靈的家園，那時他們已經精疲力盡，而貝倫既不動也不言，只呻吟了三次。

森林精靈聽說他們回來，紛紛成群結隊去迎接他們，有人給他們送上食物，有人送上清涼的飲料，還有藥膏和各種醫療之物，以備他們治傷。若非貝倫的傷勢極重，眾人本來會喜悅非常。他們用柔軟的衣物蒙住擔架上還長著葉子的粗枝，將躺著的他抬到了王宮大殿上。緹努維爾悲痛萬分地等在那裡，她伏在貝倫的胸前，痛哭並親吻他，他清醒過來，認出了她。隨後瑪布隆將那顆精靈寶鑽交給了他，他將它舉高，凝視它的美，然後忍著疼痛慢慢地說：「看哪，陛下，我將你想要的這顆奇妙的寶石交給你，而它只不過是在路旁發現的無足輕重之物罷了——我認為，你曾擁有的掌上明珠無疑比它美得太多，但如今，她屬於我了。」然而，他話音一落，曼督斯的陰影便落在他的臉上，他的靈魂在那一刻奔向了世界的邊際，緹努維爾的溫柔親吻也無法喚他回還。

＊

〔維安妮突然住了口，潸然淚下。過了一會兒，她才說：「不，故事還沒結束，但我所確知的就只有這些了。」在接下來的交談中，一個名叫奧西爾的男孩說：「我聽說，緹努維爾的溫柔親吻具有魔力，治癒了貝倫，將他的靈魂從曼督斯的大門前召了回來，他在迷途精靈當中生活了很長一段時間……」〕

但另一個孩子說：「不，奧西爾啊，不是這樣。如果你願意聽，我就告訴你那個奇妙的真正故事。正如維安妮所說的，貝倫當時死在緹努維爾的懷裡，緹努維爾被悲傷擊垮了。她在世間再也找不到安慰或光明，很快就步他後塵，踏上了所有的人都必須獨自前往的黑暗之路。她是那麼美，那麼溫柔可愛，甚至觸動了曼督斯冰冷的心腸，於是，他容許緹努維爾把貝倫再次帶回世間，此事在人類或精靈當中都是空前絕後，有很多歌謠和故事講述緹努維爾在曼督斯座前的祈求，但我記不清楚了。不過，曼督斯對他們二人說：『精靈啊，且看，我放你們歸去面對的，並非完美的快樂生活，那樣的生活在心思邪惡的米爾寇坐鎮的世間，已經不復存在。須知，你們將變得如同人類一樣必有一死，而當你們再次離開此地，將是永遠離開，除非諸神將你們召來維林諾。』雖然如此，他們二人還是手牽著手離開，一同穿過了北方的森林，人們經常看見他們在山嶺間跳著有魔力的舞，他們的名字也傳遍了四方。」

〔於是維安妮說：〕「是的，而且他們所做的可不止跳舞，他們後來還立下了非常偉大的功績，被很多故事傳述。埃里歐爾．美利農啊，等下次說故事的時候，你一定要聽聽那些故事。那些故事把他們二人稱作伊－奎爾沃松，意思就是『死而復生之人』，他們成了西里安河北方流域的強大仙靈。好啦，現在整個故事說完了，你喜歡嗎？」

〔埃里歐爾說，他沒料到會聽維安妮這樣的少女講出這麼驚心動魄的故事，她則回答說：〕

「哪裡，我並不是用自己的話講了這個故事，但我珍視它——所有的孩子其實都知道它講述的事蹟——我從偉大典籍裡讀到了它，就把它記在了心裡，但我並不完全理解故事裡講的一切。」

*

二十世紀二十年代，家父致力於改寫《失落的傳說》中講述圖倫拔和緹努維爾的兩個故事，把它們寫成詩歌。這些詩歌中的第一首是「胡林子女之歌」，用古英語的頭韻體寫成，動筆於一九一八年，但他遠未達到完成的程度就放棄了它，時間很可能就在他離開里茲大學的時候。一九二五年，他接受了牛津大學盎格魯—撒克遜教授的職位，同年夏天，他開始寫作「關於緹努維爾的詩歌」，取名為《蕾希安之歌》。他將這個詩名譯為「從束縛中得釋放」，但他從來沒解釋過這個標題。

出乎意料的是，他一反常態，在很多地方插入了日期。第一處插入的日期在第557行（行數以整首詩為準計算），是一九二五年八月二十三日，最後一處則是在第4085行旁邊寫的，是一九三一年九月十七日。在此後不遠的4223行，這首詩就被放棄了，故事情節停在貝倫逃離安格班時，「卡哈洛斯的獠牙好似捕獸的陷阱猛然咬合」，咬斷了他那隻舉著精靈寶鑽的手。詩歌餘下的部分從未寫出，但列出了散文體的綱要。

一九二六年，他把很多詩作寄給了他在伯明罕的英王愛德華中學就讀時的老師雷諾茲（R.W. Reynolds）。那一年，他撰寫了一篇題為《與《胡林的子女》尤為相關的神話概要》的翔實文稿，後來他還在裝這篇手稿的信封上標注這份文稿是「原始的『精靈寶鑽』」，以及它是寫給雷諾茲先生的，目的是「解釋頭韻體版的『圖林與惡龍』之背景」。

這篇《神話概要》之所以堪稱「原始的『精靈寶鑽』」，是因為一系列文稿自它演變而來，一脈相承，但與《失落的傳說》沒有文體上的連續性。《神話概要》如題所示，乃是一份概要，它文風簡潔，採用現在時態。接下來我就摘錄一段文本，它以最簡短的形式講述了貝倫與露西恩的傳說。

《神話概要》選段

魔苟斯的勢力再度開始膨脹。他將北方的人類與精靈各個擊破。在那些人中有一位著名的人類族長，名叫巴拉希爾，曾是納國斯隆德的凱勒鞏的朋友。

巴拉希爾被迫躲藏起來，但他的藏身之地遭到出賣，巴拉希爾遭到殺害。他的兒子貝倫過了一段亡命徒的生活之後，逃向南方。貝倫翻越黯影山脈，經歷無數艱難險阻，來到了多瑞亞斯。《蕾希安之歌》講述了他這趟以及其他的冒險之旅。他贏得了辛葛之女——「夜鶯」緹努維爾（他自己為露西恩取的名字）的愛。辛葛出於鄙視嘲弄，要求貝倫從魔苟斯的王冠上取來一顆精靈寶鑽，換取露西恩。貝倫出發去奪取精靈寶鑽，被俘之後被打入安格班的地牢，但他隱瞞了真實身份，被交給獵手夙巫為奴。露西恩被辛葛囚禁，但她逃了出來，去尋找貝倫。她在眾犬之王胡安的幫助下救出了貝倫，成功進入安格班。在那裡，魔苟斯為她的舞姿所迷，最後陷入沉睡。他們取得了一顆精靈寶鑽，動身逃走，但在安格班大門前，他們被巨狼守衛卡卡拉斯攔住。卡卡拉斯咬斷了貝倫那隻拿著精靈寶鑽的手，被寶鑽在體內灼燒的劇痛催逼發瘋。

貝倫與露西恩逃脫，經過漫長的遊蕩回到了多瑞亞斯。卡卡拉斯一路穿過樹林掠食，闖進了多瑞亞斯。隨後發生了多瑞亞斯的獵狼行動，此戰中卡卡拉斯被殺，胡安為了保護貝倫也被殺害。然而貝倫受了致命傷，死在露西恩懷裡。有些歌謠說，露西恩得到她那出身神靈的母親出力相助，竟越過堅冰海峽，來到曼督斯的殿堂，贏回了貝倫；還有歌謠說，曼督斯聽了貝倫的故事，便釋放了他。可以肯定的是，凡人當中，惟有貝倫從曼督斯歸來，他與露西恩一起生活在多瑞亞斯的林中和納國斯隆德西邊的獵手高原上，再也不曾與凡人交談。

可以看出，傳奇發生了巨大的變化，最明顯的就是抓獲貝倫者換了人——我們在此見到了「獵手」夙巫。《神話概要》末尾稱，夙巫是魔苟斯的「得力幹將」，他「逃脫了大決戰，仍居住在黑暗之處，蠱惑人類陷入對他的恐怖崇拜」。在《蕾希安之歌》中，夙巫作為可怕的死靈法師、妖狼之王登場，盤踞在托爾西里安島上——該島是西里安河中一座建有精靈瞭望塔的島嶼，後來變成了「妖狼之島」托爾—因—臯惑斯。夙巫就是——或者說，將會成為——索隆。泰維多和他的貓王國已經消失了。

但在《緹努維爾的傳說》寫完之後，傳奇的另一個重要元素也在背景中出現了，它關係到貝倫的父親。那個「在希斯羅迷北部更黑暗的地方打獵為生」（第三六頁）的諾姆族精靈——護林人埃格諾爾已經不見了。在上文的《神話概要》選段中，貝倫的父親現在是巴拉希爾，「一位著名的人類族長」，受魔苟斯日益增長的敵對勢力逼迫而躲藏起來，但他的藏身之地遭到出賣，他遭到了殺害。「他的兒子貝倫過了一段亡命徒的生活之後，逃向南方。貝倫翻越黯影山脈，經歷無數艱難險阻，來到了多瑞亞斯。《蕾希安之歌》講述了他這趟以及其他的冒險之旅。」

《蕾希安之歌》選段一

我在此給出《蕾希安之歌》的選段（寫於一九二五年，見第七五頁）。這段講述的是戈利姆的背叛，以及之後發生的事。戈利姆又稱「寡歡者」—戈利姆，是他把巴拉希爾及其同伴出賣給了魔苟斯。在此我要提一句，這首詩的原文考訂細節十分複雜，但我徹底忽略了這種性質的細節，因為我（雄心勃勃地）想以本書達到這樣一個目的——編出一份容易閱讀的文本，展示傳說的情節在不同階段的演變，而原文考訂的細節只能給這個目的造成干擾。這首詩的文本歷史介紹，在我那本《貝烈里安德的歌謠》（《中洲歷史》第三卷，一九八五年出版）裡可以找到。本書中的《蕾希安之歌》選段，是從我為《貝烈里安德的歌謠》準備的文本中一字不差地摘錄的。詩句編號就是選段裡詩句的編號，與整首詩無關。

下面的選段摘自《蕾希安之歌》的第二歌（Canto II）。此前的一段講述了貝倫進入阿塔諾爾（多瑞亞斯）時，北方大地上魔苟斯的暴虐統治，以及多年來巴拉希爾、貝倫和其餘十人靠躲藏而活了下來，魔苟斯一直在追殺他們，但徒勞無功，直到最後，「他們的腳踏進了魔苟斯的圈套」。

戈利姆，厭倦了
艱苦逃亡和不斷襲擾
一天夜裡偶然移步
去見友人藏身山谷
他悄悄穿過黑暗田野，
發現有座蒼白的屋宇
矗立在朦朧的星空下，一團漆黑中
惟獨一扇小窗猶亮，窗內逸出一星
燭光搖曳。
他向屋裡窺視，心中充斥
疑惑，就像深陷睡夢

渴望欺騙了心靈，
他看到愛妻為失蹤的他哀悼，
就在將熄的火旁；她衣衫單薄
盡顯孤獨悲涼
雙頰蒼白發已染霜。
「啊！美麗溫柔的艾麗妮爾，
我久久囚在暗無天日之所
曾念念不忘！我逃走之前
以為見到妳被殺害
那天夜裡恐怖突然來臨
我失去了摯愛的一切。」
他沉重的心中作如此想
驚異地在屋外的黑暗中凝望。
但不等他斗膽喚出她的名字，
或詢問她如何脫逃來此
來到這山嶺下的遙遠山谷，
便聽到山嶺下傳來一聲厲呼！
附近一隻狩獵的夜鴞

不祥地鳴叫。他聽見長嗥
跟蹤他而來的野狼
穿過陰暗的翳影緊追不放。
他深知，魔苟斯的獵手，
正不懈地將他追捕。
為防連累艾麗妮爾
他一聲不出地奔離，
像野獸般迂回逃亡
曲折越過堅硬的河床
穿過軟顫的沼澤，
直到遠離人煙
藏在祕密的地方
他躺在所剩無幾的同袍身旁；夜色漸深，
又漸散，他仍不眠不休地觀望，
他看到慘澹的黎明悄然來臨
昏暗的樹林上空是陰霾的穹蒼。
饑渴攫住了他的靈魂，
渴念安逸和希望，只要能再度找到愛妻

就連奴隸的鐐銬也在所不惜。
但傳說焉能訴盡他心中所想？
他敬愛自己的領袖
憎恨那可惡的君王
但美麗的艾麗妮爾獨自憔悴，他為她刻骨悲傷。

然而在憂思多日之後
他心智終陷昏亂，
他找到黑暗君主的僕從
要他們把一個尋求寬恕的逆賊
帶去他們的主君面前，
他願以無畏的巴拉希爾的消息
把可能的寬恕交換，
還有何時才是最佳時機
找到他的藏身據守之地。
悲傷的戈利姆，就這樣被帶走
前往那地底開鑿的黑暗廳堂，

撲倒在魔苟斯的膝前，
將信任給予那顆殘酷的心
那顆心從未回饋真相。
魔苟斯如是言道：「美麗的艾麗妮爾
你必會找到，她在那裡
生活安好，等待於你
你們將永遠在一起，
再不必為離別唉聲歎氣。
把這舒心消息帶來之人
自然得到賞賜，你這叛徒啊！
艾麗妮爾不在此地，
而在死亡的陰翳下徘徊
失去了丈夫和家園——
你所見到的人，
我看，可能就是那個幽魂！
現在你要穿過痛苦之門
得到你所要求的冷酷之地；
你要下到沒有月光的地獄慘霧裡

尋找你的艾麗妮爾。」

戈利姆就這樣慘死
臨死前詛咒自己，
而巴拉希爾被抓獲殺害，
良善功績盡付流水。
但魔苟斯的詭計終將失敗，
他無法徹底擊敗敵人；
有些人仍在戰鬥不懈
化解惡意促成的惡果。
人們相信是魔苟斯
將魔鬼的幻影炮製
出賣了戈利姆的靈魂，如此便將
孤寂林中尚存的縹緲希望
破壞殆盡；
但貝倫受幸運眷顧
那日外出遠遊打獵良久，
在陌生的地域過夜

遠離他的戰友。睡夢裡
他感到一股可怕的黑暗
悄然侵入心中，恍惚看見
悲哀的風吹彎了林木光禿；
樹上不見樹葉，只有黑鴉
如樹葉般密密麻麻踞在枝頭，
牠們嘎嘎聒噪，嘎嘎聲中
鮮血從每個喙尖滴落；一張看不見的網
將他的手腳牢牢縛綁，
直到他精疲力盡，躺在
死水邊緣發抖。
這時他看到陰沉水面遠處
有幽影晃動
它化成一個模糊的人形
飄過沉寂的湖水
慢慢前來，輕輕開口
悲傷地說道：「唉！是我，
是戈利姆，遭到出賣的叛徒！別怕，

但快走！魔苟斯的魔爪
就要扼住你父親的咽喉。他已知道
你們的密約，你們的藏身之地。」
他隨即把魔苟斯策劃
自己犯下的罪惡和盤托出。
然後貝倫驚醒
迅速抓起弓和劍，飛奔而去
恰似刀一般刮過秋日樹木
枯枝的風。心中燃著熊熊怒火，
他終於來到
父親巴拉希爾所在之地；
但他來得太晚。那天黎明
他找到了亡命眾人的宿處，
沼澤中一片林木繁茂的小島
群鳥如雲驟然騰空高叫——
牠們並非沼中水鳥。
榿木上棲著一排
渡鴉與食腐的烏鴉；

一隻聒噪道：「哈！貝倫來得太晚啦！」
群鴉紛紛應和：「太晚啦！太晚啦！」
貝倫用大塊卵石堆起石塚，
將父親的屍骨埋葬，
他詛咒了魔苟斯的名號三次，
但並未哭泣，因為他心冷如冰。

越過沼澤、原野和高山
他追蹤而去，直到在地底之火
燒熱的噴湧泉邊
他發現了兇犯和死敵，
黑暗君王的嗜殺兵士。
一個正在大笑，展示一枚戒指
乃是他從巴拉希爾屍體手上奪走。
「夥計們聽好，
這個戒指，是在遠方的貝烈里安德打造，」
他說，「這樣的東西金子也買不到，
因為這個我殺掉的巴拉希爾，

這個強盜蠢貨，據說，他很久以前
曾給費拉貢德賣力
立下了大大功勞。沒準真是這樣；
因為魔苟斯要我帶它回去，
但是啊，我看，他的金庫裡
可不缺比這更昂貴的財寶。
這麼大的主子怎能貪成這樣，
我謹此宣告
巴拉希爾的手上啥也沒有！」
話音未落便有一箭飛來；
他心窩中箭倒地而死。
魔苟斯為此樂不可支
他的敵人竟替他賣力
出手把不聽話的嘍羅懲治。
但魔苟斯再也笑不出來
當他聽到貝倫如同孤狼
從石頭背後瘋狂地一躍
落進泉眼旁的營地中央，

他搶過戒指，不等敵人
氣怒交加地出聲大叫
他已從他們身邊逃離。他閃亮的外甲
乃是矮人巧匠以鋼環
編就的密網，箭矢無法穿透；
他消失在亂石荊棘之間，
因他命中註定受到眷顧；
他們積極追捕卻從未得知
他無畏的雙腳踏上何途。

無畏的貝倫名揚四方，
當巴拉希爾猶在世間戰鬥，
他便贏得世間最堅毅之人的名號；
但如今他的靈魂已把悲傷
化成深重的絕望，奪去了
生命的樂趣，他渴望刀，
或箭矢，或寶劍，結束痛苦，
他所怕唯有奴隸的鐐銬。

他迎險而上尋求死亡，
反而逃脫了一心追逐的厄運，
他孤膽立下令人屏息的功績
榮光暗中流傳開去，
夜晚時分人們輕聲唱起歌謠
講述他曾成就的奇跡——
他隻身一人，陷入圍困，卻在夜裡
趁著迷霧或月光，或在青天白日下
銷聲匿跡。他讓北方的森林裡
魔苟斯的爪牙
領略了死亡和刻骨的仇恨；
山毛櫸和橡樹是他的同袍，
從不將他辜負，肩生羽翼
身覆毛皮的諸般生靈也不甘落後；
還有眾多神靈，在岩石中
在古老的山嶺裡、荒野上，
隱居漫遊，皆與他為友。
然而反叛者鮮有善終；

魔苟斯是有史以來
世間歌謠記載過的
最強大的君主，藐視他之人
遲早必被他龐大的智謀
團團困住。因此貝倫
最終只能儘快逃離森林
逃離他深愛的故土
任蘆葦哀悼沼澤下父親的遺骨。
在生滿青苔的石堆之下
那些曾為偉人的屍骨如今朽爛。
但一個秋夜
貝倫逃離舉目無親的北方，悄悄出發；
他穿過了警惕的敵人
設下的防線——無聲上路。
暗處的弓弦不再鳴響，
削尖的箭矢不再疾飛，
被獵的頭顱不再枕在
蒼天下的荒原上。

月光透過迷霧
灑上松林，風聲在
石楠和蕨葉間呼嘯
他卻蹤影不復見。北方有群星
在寒冷的高空中閃亮
如銀色的火焰，在遙遠的過去
人類稱之為「點燃的煙斗」，
也被他拋棄在背後，照耀著
大地、湖面和黑暗的山坡，
還有荒涼的沼澤和山中的小河。

他背對恐怖之地向南而去
只有險路離開那裡，
最大膽的人才敢
將寒冷的黯影山脈翻越。
山脈的北坡危難重重，
遍布邪惡和致命的敵人；
山脈的南面陡峭險峻

盡是岩峰和石柱，
根基危機四伏
流動的溪水甜中有苦。
魔法在那裡的溝壑和峽谷裡潛藏，
因為在搜尋的眼目
力不能及的遠方，只有置身
惟獨大鷹築巢長唳的
高聳入雲的山峰上，
方可遠遠看到蒼灰光亮
貝烈里安德，貝烈里安德，
仙境之地的邊疆。

諾多族的歷史

《諾多族的歷史》（*Quenta Noldorinwa*），是家父在《神話概要》之後所寫的惟一一版完整的「精靈寶鑽」。它是他在一九三〇年（這個時間應是準確的）製成的一份打字稿，我將它簡稱為《諾多史》。在《諾多史》之前，即便有過草稿或綱要，它們也沒留存下來，但顯而易見的是，有相當一部分內容，家父是參照《神話概要》寫成的。《諾多史》比《神話概要》長，顯然已經體現出「精靈寶鑽風格」，但它仍然是縮寫版本，是扼要的敘述。它的副標題稱它是「諾多族或諾姆族的簡史」，取自埃里歐爾（艾爾夫威奈）所著的《失落的傳說》。當然，當時那些長詩已經問世，篇幅不可忽視，但距離完成還很遙遠，家父仍在創作《蕾希安之歌》。

《諾多史》中出現了貝倫與露西恩的傳奇的一

個重大轉變，就是加入了諾多族王子——芬羅德之子費拉貢德。為了解釋來龍去脈，我將在此給出這份文稿的一個選段，但要先說明一下名稱。在那場精靈遷離位於極東之地的「甦醒之水」奎維耶能的偉大旅程中，諾多族的領袖是芬威。芬威有三個兒子——費艾諾、芬國昐和費拉貢德的父親芬羅德。（後來這些名字被改動了。芬威第三個兒子的名字被改為菲納芬，他兒子的名字被改為芬羅德，但芬羅德又被稱為費拉貢德。「費拉貢德」這個名字在矮人語中意為「洞穴之王」或「鑿洞者」，因為他是納國斯隆德的建立者。加拉德瑞爾是芬羅德．費拉貢德的妹妹。）

《諾多史》選段一

這段時期在歌謠中稱為「安格班合圍」。那時，諾姆族的劍保衛大地免遭魔苟斯荼毒，他的勢力被關在安格班圍牆之內。諾姆族自誇道，他永不可能打破他們的合圍，他的爪牙也絕不可能漏網，出去給世間各地帶來損害。

在那段時期，人類一族當中最勇敢也最貌美的一群人，翻越藍色山脈進入了貝烈里安德。是費拉貢德發現了他們，他此後一直與他們為友。有段時間，他曾去了東方，在凱勒鞏那裡作客，一同騎馬打獵。但他與旁人走散了，在一天夜裡來到藍色山脈西麓的一座山谷。谷中有亮光，傳來了刺耳的歌聲。費拉貢德見狀十分驚奇，因為歌中使用的語言不是埃爾達或矮人的語言，但也不是他最初擔心的奧克的語言。那裡露營的是貝奧家族的子民；貝奧是一位強大的人類戰士，他的兒子是無畏的巴拉希爾。他們是第一批進入貝烈里安德的人類。

那天夜裡，費拉貢德來到入睡的貝奧一行人當中，在無人看守、漸漸熄滅的營火旁坐下。他拿起貝奧放在旁邊的豎琴，開始演奏樂曲。此前只從黑暗精靈那裡學來樂曲旋律的凡人，從未聽過這樣的樂曲。人們聞聲醒來，傾聽、驚歎，因為那首樂曲中蘊涵著偉大的智慧，也蘊涵著美，傾聽它的心靈變得更加睿智。由此，人類以「智慧」稱呼他們遇到的首位諾多族——費拉貢德，日後他們因他之故，稱他的種族為「智者」，我們稱之為「諾姆族」。

貝奧在餘生中一直與費拉貢德一起生活，他的兒子巴拉希爾是芬羅德諸子最好的朋友。

接著開始了諾姆族敗落的時期。敗落過了很久才發生，因為諾姆族的勢力增長得極大，他們十分英勇，又有眾多無畏的盟友——黑暗精靈和人類。

但他們命運的潮流遭遇了突然的轉折。長久以來，魔苟斯都在祕密準備軍隊。在一個冬天的夜晚，他釋放出條條火焰的大河，傾注在鐵山脈之前的整片平原上，把平原燒成了一片荒涼的焦土。眾多芬羅德諸子麾下的諾姆族在那場大火中喪生，大火引起的濃煙在魔苟斯的對手當中造成了黑暗和混亂。奧克組成的黑暗大軍尾隨大火而來，人數之多，諾姆族從未見過或想像過。魔苟斯以這種方式攻破了安格班合圍，借奧克之手對合圍一方最勇敢的部隊展開了大屠殺。他的敵人——諾姆族、伊爾科林和人類被四下遠遠驅散。他把絕大多數人類趕去了藍色山脈另一邊，餘下的只有貝奧的後嗣和哈多的後嗣，他們在黯影山脈背後的希斯路姆避難，奧克還不曾出動大軍去過那裡。黑暗精靈向南逃去了貝烈里安德和更遠的地方，但很多去了多瑞亞斯，那時辛葛的王國勢力大長，直到成為精靈的堡壘和避難所。美麗安在多瑞亞斯邊界周圍編織的魔法，將邪惡阻擋在他的王宮和領土之外。

魔苟斯攻占了松林，把它變成了一片恐怖之地。他還攻下西里安島的守衛塔，將它改成了邪惡與威脅的堡壘。魔苟斯的爪牙之首夙巫就盤踞在那裡，他是一個擁有可怕力量的魔法師，是妖狼之主。在那場可怕的戰役——第二場戰役，也是諾姆族遭遇的第一場失敗——中，芬羅德諸子承受了最沉重的壓力。安格羅德和埃格諾爾遭到了殺害。費拉貢德本來也會被俘或被殺，但巴拉希爾率領全部兵力趕來，救了諾姆族的王，以長矛築成一圈防線將他護在中間。雖然損失慘重，但他們還是殺出奧克的圍困，逃到了西里安沼澤，進而逃到了南方。於是，費拉貢德立下了友誼永固的誓言，承諾在巴拉希爾和他所有親族後裔有需要時，予以援助，他將自己的戒指給了巴拉希爾，作為立誓的信物。

然後費拉貢德去了南方，在納洛格河岸上仿照辛葛的方式建了一座隱匿的洞窟之城，確立了一個王國。那處地下之城被稱為納國斯隆德。歐洛德瑞斯（芬羅德的兒子，費拉貢德的弟弟）在經過一段不得喘息的逃亡和危機四伏的流浪之後，來到了納國斯隆德，隨他同來的還有他的朋友——費艾諾的兩個兒子凱勒鞏和庫茹芬。凱勒鞏的部下增強了費拉貢德的實力，但他們如果去投靠自己的親人，結果會更好。他們自己的親人加強了多瑞亞斯東邊的希姆淩山的防衛，並在阿格隆峽谷中部署了大批隱藏的軍隊。……

在那段充滿疑慮和恐懼的日子裡，在〈驟火之戰〉以後，發生了諸多慘事，但此處講述的只有寥寥幾樁。據說，貝奧被殺害，巴拉希爾不肯向魔苟斯屈服，但他的全部領地都被奪走，他的人民遭到驅散，慘遭奴役或殺害，他自己帶著兒子貝倫和十個忠實的部下做了亡命之徒。有很長一段時間，他們躲藏起來，與奧克展開祕密戰鬥，立下了英勇的功績。但最後，正如露西恩與貝倫之歌開篇所述，巴拉希爾的藏身地遭到了出賣，他和他的戰友都被殺害，惟有當天遠遠外出打獵，因而命不該絕的貝倫倖存。此後，貝倫獨自過著亡命徒的生活，只從他愛的鳥獸那裡得到幫助。他不顧一切地戰鬥，卻求死而不得，反而贏得了榮耀和聲望，被逃亡者和暗中反抗魔苟斯的人祕密傳唱。結果關於他的功績的傳說甚至流傳到貝烈里安德，多瑞亞斯也有風聞。最後，貝倫逃出獵殺他的敵人那不斷縮小的包圍圈，向南逃去，他翻越了恐怖的黯影山脈，終於疲憊憔悴地進入了多瑞亞斯。在那裡，他祕密贏得了辛葛之女露西恩的愛，他為她取名「夜鶯」緹努維爾，因為她在林中的微光裡動聽地歌唱——她是美麗安的女兒。

但辛葛大怒，他輕蔑地拒絕了貝倫，但沒有殺他，因為他已向女兒發誓。但他仍然希望送貝倫去死。他心中想到一個無法達成的任務，便說：如果你從魔苟斯的王冠上取來一顆精靈寶鑽給我，我就讓露西恩按照她的心意，嫁給你。於是貝倫發誓完成任務，他離開多瑞亞斯，帶著巴拉希爾的戒指去了納國斯隆德。奪取精靈寶鑽的任務喚醒了費艾諾眾子曾經發下的誓言，邪惡自此開始滋長。費拉貢德明知這個任務並非他的力量所能達成，仍然願意全力相助貝倫，因為他曾親口對巴拉希爾立下誓言。但凱勒鞏和庫茹芬勸阻了費拉貢德的子民，並挑起了對他的反叛。他們心中升起了邪念，想要篡奪納國斯隆德的王位，因為他們是年長一脈的兒子。與其贏取一顆精靈寶鑽交給辛葛，他們寧可毀滅多瑞亞斯和納國斯隆德的力量。

結果，費拉貢德把王冠交給歐洛德瑞斯，帶著貝倫和十位忠誠的親衛離開了他的子民。他們伏擊了一隊奧克，將其盡數誅殺，然後靠著費拉貢德的魔法的幫助，一行人把自己扮成了奧克。但他們被夙巫從曾經屬於費拉貢德本人的瞭望塔里看見，遭到了夙巫的盤問。在夙巫和費拉貢德之間的較量中，他們被剝去了魔法偽裝。因此，他們露出了精靈的真面目，但費拉貢德的法術隱瞞了他們的名字和任務。他們被關在夙巫的地牢裡很久，飽受折磨，但沒有人背叛。

本選段末尾提到的誓言是費艾諾和他的七個兒子發下的，《諾多史》中的記載是：「若有誰敢違背他們的意志，持有、奪取或保有一顆精靈寶鑽，無論對方是維拉、惡魔、精靈，還是人類或奧克，都將懷著復仇與憎恨之心追擊到天涯海角。」參見第一一五頁，第171—180行。

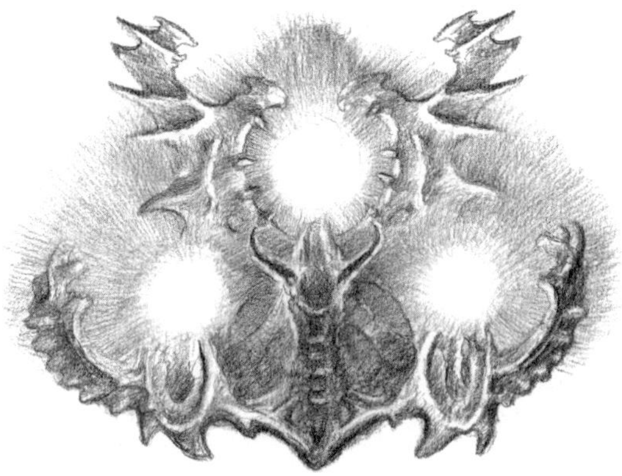

《蕾希安之歌》選段之二

我接下來給出《蕾希安之歌》的另一個選段（見第七九頁和第八一頁），這段講述的故事，就是剛剛引述的《諾多史》裡那段十分簡略的情節。我從日後稱為「驟火之戰」的大戰爆發，安格班合圍就此結束的地方開始摘錄這首詩。根據家父寫在手稿上的日期，這一整段都是在一九二八年三月至四月期間寫成的。《蕾希安之歌》的第六歌結束於第246行，接著開始第七歌。

和平告終，時運逆轉
魔苟斯點燃了復仇的烈焰，
他在堡壘中祕密預備的
龐大力量傾巢而動
驟然漫過乾渴平原；

無數黑暗大軍聽他調遣。
魔苟斯攻破了安格班合圍；
他的敵人在烈火與濃煙裡
四散奔逃，奧克殺戮，
盡情殺戮，直到鮮血如朝露
從每柄殘酷扭曲的兵刃上滴落。
無畏的巴拉希爾
手持巨矛與盾牌，率領部下，
救助了受傷的費拉貢德。他們逃到
沼澤，在那裡訂立盟約，
費拉貢德發下重誓
與巴拉希爾的親族子嗣締結深厚情誼
如有需求必定伸出援手。
但芬羅德四子戰死其二，
就是安格羅德和高傲的埃格諾爾。
費拉貢德和歐洛德瑞斯
召集了餘下的臣民，
女眷和俊美的兒女；

他們退出戰場遠走南方
在巨大的洞穴中修建要塞躲藏。
要塞的入口開在納洛格河
高聳的河岸；他們將它隱藏遮蔽，
在蔭影昏暗的林旁，
他們築成的巨門巍峨聳立，
直到圖林的時代都未受攻擊。
庫茹芬和俊美的凱勒鞏
同他們在此，居住良久；
在納洛格的祕密殿堂裡和領土上，
一支強大的子民在他們治下成長。

因此費拉貢德改在納國斯隆德
繼續統治，一位曾向無畏的巴拉希爾
立誓結盟的隱匿之王。
如今巴拉希爾之子穿過寒冷的森林
如墮夢境般獨自遊蕩。
沿著埃斯加爾都因那暗沉的

冰封河道，他一路行至寒冷河水
匯入西里安河之處，水色蒼淡，
寬闊的銀波白浪自由自在
大河壯觀地奔騰入海。
如今貝倫來到群塘，
在星空下的遼闊葦蕩
西里安河平息了集聚的浪潮，
他注滿一片大沼
又被道道沙洲
切削肢解，再一頭紮入
地下巨大的裂隙，
在其中蜿蜒百里。
烏姆波斯—穆伊林，微光沼澤，
那片憂鬱如淚的寬廣水域，
精靈如此命名。貝倫透過滂沱大雨
從那裡望過被守護的平原
看見了獵手山嶺
不毛山頂被西風咬噬

原始又荒涼，但他知道
透過嘩嘩傾入沼澤的
瓢潑大雨激起的水霧，
那片山嶺腳下橫陳著
陡峭的納洛格河谷，在轟然瀉落高原的
英格威爾瀑布旁
坐落著費拉貢德的警戒殿堂。
他們的警戒恒久不懈，
納國斯隆德的諾姆族聲名遠播，
每座山頂都築起塔樓，
不眠不休的守衛從中眺望監視
保護納洛格急流和西里安蒼水
之間的平原和全部通路；
箭無虛發的弓箭手
在樹林裡巡查，祕密誅殺
所有潛入該地的不速之客。
然而貝倫如今闖入那地
手上戴著費拉貢德的

燦爛戒指，他再三喊道：
「來者並非遊蕩的奧克或奸細，
而是巴拉希爾之子貝倫
我父曾是費拉貢德的好友。」
水聲轟鳴泡沫翻騰
沖刷烏黑礫石，他尚未抵達納洛格河
的東邊河岸，綠衣的弓箭手便
將他包圍。他雖衣衫襤褸
與乞丐無異，但他們看過戒指
便向他躬身行禮。他們趁夜
領他向北而行，因為納國斯隆德
大門前納洛格河奔湧
未建渡口也未架橋梁，
無論敵友都不能渡過。
再向北去，河流尚幼
水道尚窄，在短短的金格瀉斯河告終
匯入納洛格河之處
金色湍流水花飛濺

圍出陸地一岬，他們在下游涉水渡河。
從此他們全速行路
前往納國斯隆德陡峭的層層階地
與昏暗的巨大殿堂。
月牙一彎當空而照
他們來到懸鑿的幽暗門口
樁柱與門楣造自沉重的岩石
和粗大的木料。諸門洞開
轟然大敞，他們大步跨入
只見費拉貢德端坐王座之上。

納洛格之王對貝倫
好言相迎，隨即聽他講述流浪旅途
和全部仇怨苦鬥。他們閉門
而坐，貝倫說起多瑞亞斯
的際遇；說著說著難以為繼
當他想起美麗的露西恩
頭戴雪白的野玫瑰翩然起舞，

憶及她精靈之聲猶如銀鈴，
微光之中身旁群星拱護。
他說到辛葛那非凡的殿堂
靠魔法照亮，那裡噴泉流淌
夜鶯對美麗安和她的夫君
不停歌吟。
他講了辛葛出於鄙視
要他達成的使命；為了愛
為了世間凡人永不能及的美貌少女
為了緹努維爾，為了露西恩
他必須嘗試進入那燃燒的不毛之地，
無疑將品嘗死亡與折磨的滋味。

費拉貢德聞言驚異，
末了沉重地開口說道：
「如此看來，辛葛的確
盼你喪命。世人皆知
那些令人迷醉的寶石的不滅之火

被一個帶來無盡不幸的誓言詛咒
惟獨費艾諾眾子有權
主宰和占有它們的光。
辛葛不能指望在自己的寶庫內
保有這顆寶鑽，他也並非
精靈之地所有子民的君王。
然而你說只有它
才能換取你返回多瑞亞斯
的權利？你實際上面對的
險惡道路不止一條——
我深知，除了魔苟斯
還有一種迅捷不懈的恨，
追獵你不惜上天入地。
費艾諾眾子只要可能，必會殺你，
若你抵達辛葛的森林
把那不滅之火放到他膝頭，
或只實現你那甜蜜的渴望。
瞧！凱勒鞏和庫茹芬

就住在這個王國當中，
儘管我，芬羅德之子，
乃是君王，他們卻已贏得強大勢力
麾下也聚集眾多子民。
目前我但有需求
他們皆友善相待，可我深憂
他們一旦得知你那可怕的任務
決不會對巴拉希爾之子貝倫
表露慈悲或仁愛。」

他所言不虛。當精靈王
將此事告知所有臣民，
提到他對巴拉希爾發下的誓言，
提到凡人如何手持盾與矛
在很久以前北方的戰場上
救他們免遭悲傷和魔苟斯的荼毒，
彼時眾人心中重新燃起火焰
再度願去作戰。但有人

越眾而出，高聲呼籲
眾人聆聽，那是驕傲的凱勒茸，
頭髮熠熠，雙眼炯炯
寶劍雪亮。於是人人注視
他那不肯妥協的嚴厲面容，
一陣死寂降臨當場。

「無論是友是敵，是魔苟斯的
野蠻惡魔，是精靈，是凡人的子女，
還是大地上居住的任何生靈，
無論是律法，是愛，還是地獄的同盟，
是諸神之力，還是制約之咒，
都休想保護他免受
費艾諾眾子仇恨，如果他取得或竊走
或保有一顆精靈寶鑽。
那三顆令人迷醉的閃亮寶石屬於我們
惟獨我們有權正當擁有。」

激烈強勁之言他滔滔不絕，
恰如當年在圖恩
其父之聲喚起眾人心烈如火，
此時他向他們灌輸
深深的恐懼和隱隱的忿怒，預示
友人之間的爭鬥；引他們想像
納洛格的大軍若與貝倫前往，
納國斯隆德就會
亡者遍地血流成河；
偉大的辛葛統治的多瑞亞斯
也可能遭遇戰火、悲傷和毀滅，
如果他將費艾諾的致命寶石獲得。
就連最忠於費拉貢德的人
也對他發的誓言心生怨懟，
想到要去魔苟斯的老巢
不管憑藉武力還是計謀
人人心生恐懼絕望。庫茹芬
待兄長語畢，又將此念

更深地印入他們的頭腦；
他對他們的影響如此牢靠
直到圖林的時代
納洛格的諾姆族才會列陣
公開奔赴戰場。
依靠潛行，埋伏，暗探
和巫術學識，依靠無聲的盟友
警惕，小心，熱切的野外生靈，
依靠神出鬼沒的獵手，淬毒的箭矢，
和不被覺察的潛行祕技，
懷著仇恨放輕腳步
落足綿柔地追捕獵物
在視野之外無情跟蹤終日
在夜間出其不意將牠殺死——
他們如此保衛納國斯隆德，
忘記了親族和神聖的血緣
皆因庫茹芬施技
在他們心中埋下對魔苟斯的恐懼。

因此在那憤怒的一日
他們不肯服從主君費拉貢德王，
而是慍怒地竊竊私語
說芬羅德和他的兒子可不是神。
費拉貢德聞言摘下銀王冠
將它擲落腳下，
那是納國斯隆德的王權象徵：
「你們可以毀諾，但我
必定守約，在此我放棄王國。
倘若有誰心意不曾動搖，
或對芬羅德之子忠心耿耿，
我當至少找到數人
與我前往，而不像個可憐的乞丐
忍辱被拒之門外，
從我的門前被驅離我的城鎮，
我的臣民，拋下我的王國和王冠！」
十位久經考驗的出色戰士

聞言迅速到他身邊，
他們屬於他的家族
向來以他馬首是瞻。
一位俯身拾起他的王冠，
說：「王啊，如今我們註定
離開這座城鎮，但並不一定失去
您的合法王權。您應選擇
一位宰相為您代言。」
於是費拉貢德將王冠
戴在歐洛德瑞斯頭上：「我的弟弟，
在我歸來之前你掌王權。」
凱勒鞏見狀拂袖而去，
庫茹芬則微笑轉身。

*

因此只有十二人離開納國斯隆德
踏上險途，他們悄無聲息

祕密取道向北，
消失在暮色間。
不聞號聲，無人歌唱，
精巧鋼環編結的鎧甲
已經染黑，他們悄悄行去
身披烏氅頭戴灰盔。
沿著納洛格河奔騰的漫長河道
他們一路上溯，直至河的源頭，
瀑布水光粼粼，飛流直下
如清澈的水斟滿
琉璃般透明的閃亮酒杯
震顫翻滾著從伊芙林湖溢出，
伊芙林湖水沉暗如鏡
倒映著月光下黯影山脈
那荒涼險峻的蒼白面容。

現在他們已經遠遠離開
不受奧克與惡魔侵擾的疆域

不再免於對魔苟斯勢力的恐懼。
在高地蔭蔽的樹林裡
他們觀望等待數夜，
直到一天雲彩匆匆集聚
遮住月亮和群星，
荒涼秋季伊始
秋風在枝間颯颯作響，落葉蕭蕭低語
被黑暗的漩渦卷走，
他們聽到遠處飄來一陣
粗啞的微聲，嘎嘎大笑近了；
笑聲越來越響；他們此刻聽到
醜惡的腳重重踐踏疲憊大地
的鳴動。接著他們望見
眾多暗紅的燈火逼近，
搖搖晃晃，矛尖和彎刀上
閃爍著反光。他們藏在近旁
看到一隊奧克走過
獸人面容黧黑醜惡。

蝙蝠在他們周圍飛舞，還有夜鴞，
無人記得的幽魅夜鳥
從高處的樹林中唳叫。語音消失，
笑聲如同石撞鋼擊
漸行漸遠。緊跟著敵人
眾精靈與貝倫的動作更輕
偷偷穿過一小片田野
把獵物搜尋。他們就這樣
偷偷來到閃爍的篝火與燈光
照亮的營地，足有三十個奧克
坐在木柴燃燒發出的
紅光中。無聲無息
他們一個接一個地悄然起身，
每棵樹下的陰影中都有一人；
每人都緩慢、冷酷、祕密地
開弓搭箭。

聽！費拉貢德一聲令下，

弓弦競相彈動歌唱；
十二個奧克突然倒地而亡。
精靈隨即棄弓縱身上前。
雪亮寶劍出鞘，迅捷揮砍！
驚呆的奧克這時才尖聲大叫
就像迷失在無光的地獄深處。
林下爆發了戰鬥
激烈又迅速，但沒有奧克逃走；
那隊漫遊的奧克在此喪命
再不能劫掠謀殺
荼毒悲傷的土地。但不聞精靈
歌唱歡樂的歌謠，或
慶祝懲惡的勝利。他們身處
奇險當中，因為他們知道
這麼少的一隊奧克從不單獨出征。
他們迅速扒下對手的衣袍
再把屍體丟進深坑。
費拉貢德依靠智謀

為他們制訂了絕望的計策：
他要把同胞偽裝成奧克。

淬毒的矛，角制的弓，
還有彎曲的劍
他們取了敵人的武器；滿懷厭惡
每人都換上安格班醜惡糟爛的裝束。
他們用漆黑顏料塗抹雙手
和俊美的臉孔；他們剃光
獸人頭上稀疏纏結的
黑色毛髮，以諾姆族的巧技
一根根結在一起。他們對驚愕的同伴
不懷好意地發笑，互相在耳邊
掛上噁心的毛髮，難抑戰慄。
然後費拉貢德詠唱咒語
改動皮相變換外形；
隨著他徐徐吟唱，他們的耳朵
變得醜惡，他們的嘴

開始咧開，每顆牙齒都變得尖銳。
然後他們藏起諾姆族的衣袍
一個接一個溜到他身後，
過去那俊美的精靈之王
現在是醜惡的獸人頭領。
他們向北行去；他們遇到
路過的奧克，並未阻止他們，
卻向他們致以問候；他們漸漸大膽
將漫長的路途拋在背後。
終於他們邁著疲憊的腳步
走出了貝烈里安德。他們來到輕快
活潑的水邊，漣漪激蕩，銀白蒼淡的
西里安河匆匆流過河谷，
遠處是致命暗夜，陶爾—那—浮陰，
那松樹覆蓋的高地上無路可尋的森林，
黑壓壓地從東方
令人生畏地緩降，而在西邊
彎向北方的灰暗山脈重重疊疊

擋住了西斜的陽光。

有一座小山孤島
獨立在谷中，就像古早
巨人混戰的時候
一塊滾下崇山峻嶺的石頭。
河流圍繞山腳分開
河水環流，將懸垂的崖邊
淘空成無數洞穴。
西里安河的波浪在那裡短暫地躑躅
接著流去更潔淨的水岸。
它曾是一座精靈的瞭望塔，
堅固，仍然美麗；
但如今它飽含威脅，冷酷地瞪視
一面監視蒼白的貝烈里安德，
另一面監視北邊河谷出口以外
那片悲慘的土地。
從那裡可以瞥見乾旱的疆域，

積塵的沙丘，廣闊的沙漠；
更遠處可以望見
濃雲懸空低垂
籠罩著桑戈洛錐姆雷聲滾滾的群峰。

須知在那山上
住著最邪惡的一位；他監視著
來自貝烈里安德的道路
火焰之眼不眠不休。
人類呼他夙巫，後來被他迷惑
拜服在他的權威之下
敬他為神，為他建了
陰暗中的恐怖神殿。
此時他尚未被奴役的人類崇拜，
僅是魔苟斯最強大的諸侯，
他是妖狼之主，嗥叫令人顫抖
永遠回蕩在山嶺中，他還把
邪惡魔法與黑暗徽記

編織運用。死靈法師
用魔法馭使
大批幽靈和流浪的鬼魂，
將孽種或魔咒扭曲的怪物
大群聚集在身邊，
執行他那黑暗邪惡的命令：
它們便是巫師之島的妖狼。
貝倫一行的到來瞞不過夙巫
儘管他們從森林陰沉懸垂的
枝幹下悄悄走過，
但他遠遠看見，便喚起了狼群：
「去！把那些鬼鬼祟祟的奧克抓來，」他說，
「他們走得這麼奇怪，彷彿心中有鬼，
而且不像奧克慣常那樣，依令
前來，向我，向我夙巫
彙報他們的所作所為。」

他從塔中注目，心中
懷疑與謀思漸長，
他不懷好意，耐心等待，直到他們被帶到。
此刻他們被惡狼圍在中央，
擔憂自身下場。哀哉！故土，
他們拋下的納洛格故土！
不祥的預感壓在他們心上，
他們下行，驟停，不得不前去
越過淒涼的石頭橋樑
來到巫師之島，來到王座前
王座乃是染血的岩石雕成。

「你們去了哪裡？你們見了什麼？」

「去了精靈之地，見了淚水和痛苦，
見了蔓延的火和湧流的血，
我們去了那裡，我們見了這些。
我們殺了三十個，把他們的屍體丟進了

黑暗的坑穴。我們所過之處
渡鴉棲落，夜鴞號叫。」

「說，魔苟斯的奴隸啊，給我實話實說！
精靈之地出了何事？
納國斯隆德又如何？誰在那裡統治？
你們可曾膽敢涉足那個王國？」

「我們只敢踏上它的邊境。
那裡歸俊美的費拉貢德王統治。」

「難道你不曾聽說他走了，
凱勒鞏坐了他的王位？」

「那可不對！他若走了，
該歐洛德瑞斯坐他的王位。」

「你們耳朵真靈，地方還沒去過

消息來得倒勤！
無畏的矛手啊，你們姓甚名誰？
你們還沒報告，誰是你們的首領。」

「奈雷布、敦嘎勒夫和十個士兵，
我們就叫這名，我們的黑暗巢穴
就在大山底下。我們肩負
緊急使命趕路行過荒野。
隊長波爾多格等著我們
在那地下烈火冒煙閃光的地方。」

「波爾多格，我聽說，最近被殺了？
他去那個乏味的多瑞亞斯邊界作戰
強盜辛葛和一群不法之徒
就在那片地域的榆樹和橡樹下
畏縮苟活。那麼你們莫非
沒聽說露西恩，那個漂亮的仙靈？
她的軀殼很美，極白極美。

魔苟斯想擄到老巢占為己有。
他派了波爾多格，但波爾多格被殺了：
你們居然不在波爾多格的隊伍裡。
奈雷布面露凶相，緊鎖眉頭。
他有什麼可惱？小露西恩！
他想到主君毀掉一個落入彀中的少女
玷汙曾經的潔淨，
抹黑過去的光明，
為何不開懷大笑？
光還是影，你們為誰效勞？
誰是遼闊大地的主宰？
誰把最宏偉之工締造？
黃金與環鐲，誰是最偉大的賜予者，
誰是塵世間至尊的君王？
那貪婪的諸神，
又是誰奪走了他們的歡笑！重複你們的誓言，
包格力爾的奧克！別低下你們的腦袋！
消滅光明、律法和愛！

詛咒天上的星與月！
願那自古等在外界的
永恆黑暗掀起洶湧寒潮
淹沒曼威、瓦爾妲和太陽！
願一切始自仇恨
願一切終於邪惡，
聽那無邊的大海呻吟嗚咽！」

但自由的忠貞人類和精靈
無人肯說如此褻瀆之語，
貝倫低聲道：「夙巫有什麼權力
阻撓我們辦事？
我們不是他的手下，也用不著
聽他擺布，我們現在要走。」

夙巫大笑：「耐心點！你們用不著
耽誤多久。但首先我要
給你們歌上一首，專心聽好。」

他烈焰般的眼睛隨即凝視他們
他們周圍降下漆黑的幽暗一團。
彷彿隔著一道飛旋的煙幕
他們所見惟有深奧的雙目
感官知覺皆被阻塞淹沒。
他把一首巫術之歌吟誦，
唱起穿透，開啟，唱起陰謀，
揭露，拆穿，出賣與背叛。
費拉貢德恍惚搖擺，驟然間
以一首堅持的歌曲反擊，
抵禦，戰鬥，對抗黑暗的威力，
謹守祕密，力量如城塔不移，
唱著不摧的信任，逃脫，自由飛翔：
唱起幻化，唱起變換的形體皮相，
唱起躲避的羅網，破除的陷阱，
唱起斷毀的鎖鏈，掙脫的牢獄。
如此往復，兩方的歌彼長此消。
震盪，淹沒，吟誦如浪濤

聲勢愈高愈強。費拉貢德對抗，
將精靈之地的全部魔法與力量
傾注在歌詞之中。
昏暗中，他們聽見鳥兒柔聲
歌唱，在遠方的納國斯隆德，
更有遙遠的海岸，遠在西海對側
碎浪輕輕喟歎，拍打沙灘，
拍打精靈故鄉的珍珠長灘。

但是翳影聚集，黑暗滋生在維林諾，
大海邊上，殷紅鮮血流淌，
諾多族屠殺了自己的
弄潮親族，從那燈火明亮的港灣
竊取了張著白帆的
潔白航船。海風哭嚎，
惡狼長嗥，群鴉散逃。
大海口中寒冰啁哳推軋，
安格班的俘虜愁坐哀悼。

雷鳴滾滾，處處火焚，
一團巨大的濃煙噴發，一聲咆哮——
芬羅德頹然僕倒。

看哪！他們現出了原本的俊美形貌，
皮膚白皙，眼睛明亮。他們不再
像奧克一樣齜牙咧嘴；此刻他們身份暴露
落入巫師之手。
他們就這樣不幸地淪入悲苦，
被勒進肉體的鐵鍊鎖住，
打下沒有希望也不見微光的地牢
困入令人窒息的密網
無人理會，心中絕望。

但費拉貢德的法術
並非徒勞無益；因為夙巫不知道
他們的名字與目的。
他為此反覆思索懷疑，

審問那些身陷囹圄的不幸囚犯，
威脅如果沒人背叛，
吐露這些資訊
那就人人都要慘死。妖狼會來
就在旁人眼前
一個個將他們慢慢吞噬，最後
將留下單獨一人，
驚駭的他將在一個恐怖瀰漫的地方
經受扭曲四肢的劇痛，
在大地的肚腸裡遭受
慢條斯理、永無休止、慘無人道的
不幸和折磨，直到他全盤招供。

他的威脅，句句成真。
不時從混沌的黑暗中
有兩隻眼睛浮現，他們聽得見
可怕的呼喊，繼而是
撕扯的響動，地上涎水橫流，

他們聞得到流血的味道。

但沒有人屈服，沒有人開口。

第七歌在此結束。接下來我回到《諾多史》，從之前的選段末尾那句「他們被關在夙巫的地牢裡很久，飽受折磨，但沒有人背叛」繼續摘錄（第一〇三頁）。如同前例，我在《諾多史》的記載之後，給出《蕾希安之歌》中差別極大的選段。

《諾多史》選段二

與此同時，露西恩由於美麗安的遠見而得知貝倫已經落入夙巫之手，她絕望之下想要逃離多瑞亞斯。辛葛得知此事，便將她囚禁在他最高的一棵大山毛櫸樹上，一座離地甚遠的樹屋裡。《蕾希安之歌》講述了她如何脫身，進入樹林，卻被正在多瑞亞斯邊界打獵的凱勒鞏發現。他們心生歹念，帶她去了納國斯隆德，機巧的庫茹芬為她的美貌所迷。從她的敘述裡，他們得知費拉貢德落到了夙巫手中。他們決意讓費拉貢德死在那裡，並把露西恩留在身邊，再強迫辛葛把露西恩嫁給庫茹芬，如此他們便可積聚權力，霸占納國斯隆德，成為諾姆族最強大的王子。他們並不打算去尋找精靈寶鑽，也不準備容忍其他任何人這樣做，直到他們把精靈的全部勢力都收歸麾下，聽他們號令。但他們的謀劃未能得逞，僅僅在精靈王國之間造成了疏遠和仇怨。

凱勒鞏麾下的獵犬之首名叫胡安。他來自歐洛米的狩獵場，屬於不朽的族類。很久以前，歐洛米在維林諾把胡安贈給了凱勒鞏，彼時凱勒鞏常常騎馬追隨在那位神靈之後，跟從他的號角指揮。胡安隨主人凱勒鞏來到了這片大地，無論箭矢還是刀劍，魔咒還是毒藥，都不能傷害他，因此他跟隨主人參加戰鬥，多次救了凱勒鞏的性命。胡安的命運已經註定，他只能死在世間有史以來最強大的惡狼爪下。

胡安心意真誠，他初次在樹林裡發現露西恩時就愛她，是他把她帶到凱勒鞏面前。他的心為主人的背叛而悲傷，他放露西恩自由，與她一起前往北方。

在那裡，夙巫一個接一個地處死了俘虜，直到只剩下費拉貢德和貝倫兩人。當貝倫就要被處死的時候，費拉貢德拼盡全部力量，掙開枷鎖，與前來殺害貝倫的妖狼搏鬥。他殺了狼，但自己也在黑暗中身亡。貝倫在地牢裡絕望地哀悼等死，但露西恩來了，她在地牢外歌唱。就這樣，她將夙巫誘了出來，因為露西恩的美貌與她奇妙的歌聲，名氣已經傳遍四方。就連魔苟斯也想得到她，並承諾對任何抓住她的人報以無上的獎賞。胡安不聲不響地宰殺了夙巫派出的每一隻狼，直到最大的狼肇格路因前來，於是發生了一場激烈的搏鬥，夙巫因而發現露西恩並非孤身一人。但他想起了胡安的命運，便把自己變成世間有史以來最龐大的一匹狼，接著出戰。但胡安打敗了他，並從他那裡贏得了鑰匙以及將他那施了魔法的圍牆和塔樓緊箍在一起的魔咒。於是，堡壘崩解，塔樓倒塌，地牢暴露，很多俘虜獲得了自由，但夙巫化作蝙蝠的模樣，飛到陶爾—那—浮陰去了。露西恩發現貝倫在費拉貢德身旁哀悼。她治癒了他的悲傷和監禁造成的虛弱，但他們把費拉貢德埋葬在屬於他的島嶼山頂，而夙巫再也不能染指那地。

此後，胡安回到了主人身邊，但他們之間的感情變得比從前淡薄了。貝倫和露西恩沉浸在幸福中，無憂無慮地漫遊，直到他們再次來到多瑞亞斯的邊界附近。貝倫那時記起了自己的誓言，向露西恩告別，但她不肯與他分離。彼時納國斯隆德一片動盪，因為胡安和很多夙巫的俘虜帶回了消息，講述露西恩的功績和費拉貢德的死訊，凱勒鞏和庫茹芬的背叛從而暴露無遺。據說，他們在露西恩逃走之前已經派了祕使去見辛葛，但辛葛大怒，派自己的屬從將他們的信送了回去，交給歐洛德瑞斯。如此，納洛格之民的心重新傾向於芬羅德家族，他們為他們曾經棄絕的王費拉貢德哀悼，聽從歐洛德瑞斯的領導。

但歐洛德瑞斯不從子民所願，不允許他們處死費艾諾的兩個兒子，而是把他倆逐出納國斯隆德，並發誓從今以後，納洛格與費艾諾所有的兒子之間將沒有情義可言。事實也的確如此。

凱勒鞏和庫茹芬懷著一腔怒火，騎馬匆匆穿過樹林，尋路前往希姆淩，當他們撞上貝倫和露西恩時，貝倫正想告別他的愛人。他們騎馬奔向那對情侶，認出了二人，便企圖縱馬將貝倫踏在蹄下。

但庫茹芬把露西恩擄到了自己的鞍上。於是就見貝倫縱身一躍——此躍堪稱凡人最偉大的一躍——如雄獅般躍起撲在庫茹芬疾馳的馬上，一把扼住庫茹芬的咽喉。混亂中人仰馬翻，露西恩被遠遠甩了出去，摔在地上頭暈目眩。這邊貝倫扼緊了庫茹芬，可他自己也命在旦夕，因為凱勒鞏正持矛回馬馳來。胡安在那一刻捨棄了主人，猛撲向凱勒鞏，凱勒鞏的馬見狀急忙轉向，人人都被恐怖的大獵犬嚇得不敢靠近。露西恩不允許庫茹芬遭到殺害，但貝倫奪了他的馬和武器，其中最重要的是他那把矮人打造，削鐵如泥的名刀。然後兄弟二人騎馬離去，卻狡詐地回身向胡安和露西恩放冷箭。胡安沒有受傷，但貝倫縱身擋在露西恩身前，受了傷。當此事流傳開來，人類都把這傷記在費艾諾眾子的賬上。

胡安留在了露西恩身邊。他聽了他們的困境，得知貝倫仍需前往安格班達成任務，便去夙巫要塞的廢墟裡為他們取來一張妖狼皮和一張蝙蝠皮。胡安一生只開口說話三次，使用精靈或人類的語言。第一次是他在納國斯隆德找到露西恩的時候，而這是第二次，他為他們的任務制訂了鋌而走險的計畫。於是，他們騎馬向北方去，直到騎馬不再安全為止。然後他們披上狼和蝙蝠的外形，露西恩扮成邪惡神靈，騎在妖狼背上。

《蕾希安之歌》詳細講述了他們如何來到安格班門前，卻發現大門新添了守衛。因為魔苟斯已經風聞外面的精靈有所計畫，但不知詳情。因此，他造了眾狼當中最強大的一隻——「刀牙」卡哈拉斯[1]，安排他守在門口。但露西恩對巨狼施了魔咒，他們成功地來到了魔苟斯面前，貝倫悄悄爬到他的王座底下。然後，露西恩大膽地做了一件極可怕、極英勇的事，從來沒有任何精靈敢這麼做。人們認為她此舉不亞於芬國昐的挑戰，若非她是半神之體，或許更勝一籌。她除去了偽裝，報上自己的名字，並假裝她是被夙巫的狼俘虜到此。就當魔苟斯內心謀劃著惡毒邪念時，她哄騙了魔苟斯。她在他面前起舞，令他整座大殿都陷入了沉睡。她向他唱歌，把她在多瑞亞斯編織的魔法外袍拋向他的臉，令他進入一個掙脫不得的夢境——什麼歌謠能夠唱出露西恩如此奇妙的功績，唱出魔苟斯的憤怒和恥辱？就連奧克想起這件事，也在私下裡大笑，講述魔苟斯如何摔下王座，鐵王冠掉在地上滾了出去。

於是，貝倫脫去狼形，躍上前去。他拔出了庫茹芬的寶刀，用這把刀挖下了一顆精靈寶鑽。然而他大膽去挖下一顆，想把它們全都奪回。狡詐的矮人所造的刀就在這時折斷了，折斷的迴響驚動了睡著的眾人，魔苟斯呻吟了一聲。恐懼攫住了貝倫和露西恩的心，他們沿著安格班的黑暗通道逃走。但此時卡哈拉斯已從露西恩的魔咒中醒來，攔在了大門前。貝倫將露西恩護在身後，事實卻證明這是個錯誤，因為不等她用外袍碰觸巨狼或開口說出魔法咒語，巨狼就向此刻手無寸鐵的貝倫撲來。貝倫用右拳打向卡哈拉斯的眼睛，但巨狼一口將他的手咬住，接著齊腕咬斷。須知，那隻手拿著精靈寶鑽。精靈寶鑽一碰到卡哈拉斯的邪惡肉體，卡哈拉斯的五臟六腑頓時如遭火灼，劇痛不堪。他慘嚎著從他們面前逃走，以致群山無不顫動，而發瘋的安格班巨狼是曾經進入北方的所有恐怖當中最致命、最可怕的。露西恩和貝倫搶在整個安格班醒來之前，堪堪逃了出去。

他們如何流浪、絕望，貝倫如何康復並從此以後被稱為「獨手」貝倫·埃爾馬布威德，他們如何被在他們到達安格班之前突然沒了蹤影的胡安救下，以及他們如何再度來到多瑞亞

1 譯者注：卡哈拉斯（Carcharas），即《緹努維爾的傳說》中的卡卡拉斯（Karkaras），也就是《精靈寶鑽》中的卡哈洛斯（Carcharoth）。

斯，此處不再贅述。但多瑞亞斯已經發生了諸多變故。自從露西恩逃走之後，多瑞亞斯每況愈下。她的族人搜尋她，卻沒有找到，舉國上下都陷入了哀傷，歌聲也沉寂下來。他們尋找她許久，多瑞亞斯的笛手戴隆在尋找的過程中不知所蹤。在貝倫來到多瑞亞斯之前，戴隆曾愛著露西恩，他是除了費艾諾之子瑪格洛爾和金嗓廷方之外，最偉大的精靈音樂家。但他再也不曾回到多瑞亞斯，而是流浪去了世界的東方。

多瑞亞斯的邊界也遭到了攻擊，因為露西恩迷失在外的消息已經傳到了安格班。在那場戰鬥中，「神箭手」貝烈格和「重手」瑪布隆這兩位偉大的戰士與辛葛並肩作戰，辛葛格殺了奧克統領波爾多格。因此，辛葛得知，露西恩還沒有落入魔苟斯之手，但魔苟斯知道她遊蕩在外。辛葛心中充滿了憂懼。就在他憂懼的時候，凱勒鞏的使者祕密前來，說貝倫已死，費拉貢德亦然，露西恩身在納國斯隆德。辛葛聞訊，心中為貝倫之死生出悔意，而當他察覺凱勒鞏很可能背叛了芬羅德家族，並且囚禁了露西恩，沒有送她回家，他被激得大怒。因此，他派出密探進入納國斯隆德的領土，並且開始備戰。但他隨即得知露西恩已經逃走，凱勒鞏和他弟弟去了阿格隆。於是，他派信使去了阿格隆，因為他沒有足夠強大的實力去攻擊費艾諾的七個兒子，而且除了凱勒鞏和庫茹芬，他與餘下眾子也沒有過節。但信使在穿過森林的途中遇到了來襲的卡哈拉斯。那隻巨狼瘋狂地穿過了北方的所有樹林，所到之處盡是死亡和毀滅。只有瑪布隆逃脫，將巨狼來襲的消息帶給了辛葛。命運，或在巨狼腹中折磨他的精靈寶鑽的魔法，使他沒有被美麗安的魔咒所阻，闖進了從未遭到破壞的多瑞亞斯森林，恐怖和破壞向四面八方蔓延。

就在多瑞亞斯的悲傷不幸已達頂點之際，露西恩、貝倫和胡安回到了多瑞亞斯。於是，辛葛的心輕鬆了，但他看待貝倫時並無好感，因為他認為自己所有的悲傷憂患都源自此人。當他得知貝倫如何從夙巫手中逃脫，他感到十分驚異，但他說：「凡人，你的任務與誓言怎麼樣了？」貝倫說：「此刻就有一顆精靈寶鑽在我手中。」辛葛說：「拿給我看。」貝倫說：「我做不到，因為我的手不在這裡。」接著他講述了事情的全部經過，指明了卡哈拉斯瘋狂的原因。而辛葛心軟了，既是因為貝倫這番勇敢言辭和他的堅忍，也是因為他看到女兒和這個最英勇的凡人之間有著偉大的愛。

因此，他們計畫去獵殺巨狼卡哈拉斯。參加那次獵殺行動的，只有胡安、辛葛、瑪布隆、貝烈格和貝倫。這個悲傷的故事在別處講述得更加詳盡，因此在此必須簡短。他們出發時，留在後方的露西恩心生不祥的預感。她如此預感並不奇怪，因為卡哈拉斯雖然被殺，但胡安在同一時刻死去，他為拯救貝倫而死，然而貝倫仍受了致命的傷，只堅持到把那顆瑪布隆從狼腹中剖出的精靈寶鑽交到辛葛手中。然後，他再也沒有開口。他們把胡安放在他身旁，把一人一犬抬回辛葛的王宮門前。在那裡，露西恩在自己曾被囚禁的山毛櫸樹下等到了他們，她親吻了貝倫，然後他的靈魂便離開軀體，去了等待的殿堂。露西恩與貝倫的漫長傳說至此結束，但「從束縛中得釋放」的《蕾希安之歌》並沒有完結。長久以來，人們傳說露西恩垮了，迅速隱褪，從大地上消失，但有些歌謠說，美麗安召來了梭隆多，他把她活著送去了維林諾。她來到曼督斯的殿堂，向他唱了一首講述動人愛情的歌謠，那首歌如此美好，以至於曼督斯空前地動了憐憫的心腸。他召來貝倫，如此一來，露西恩在貝倫臨死前親吻他時發下的誓言應驗了，他們在西邊大海的彼岸得以重逢。曼督斯容許他們離開，但他說，露西恩將變成凡人，如同她的愛人，將像凡人女子那樣再度離開大地，她的美將化成僅存於歌謠中的回憶。事就這樣成了，但據說，曼督斯作為補償，賜給了貝倫和露西恩此後一段很長的壽命和歡樂，他們不受凍餒之苦，在貝烈里安德那片美麗的土地上漫遊，從此以後再也沒有凡人曾與貝倫或他的配偶交談。

《蕾希安之歌》餘下的故事情節

這一長段詩歌接續的是《蕾希安之歌》第七歌的最後一行（「但沒有人屈服，沒有人開口」，第一三八頁）。第八歌的開篇對應《諾多史》中那段十分簡略的記載（第一三九頁），講述露西恩受凱勒鞏和庫茹芬挾持，被囚禁在納國斯隆德，但被胡安解救，並且介紹了胡安的來歷。《蕾希安之歌》的正文中以占一行的星號來標誌下一歌的開始，第九歌始自第329行，第十歌始自第619行，第十一歌始自第1009行，第十二歌始自第1301行，第十三歌始自1603行，而第十四歌也是最後一歌，始自1939行。

在維林諾，有成群獵犬
繫著銀項圈。雄鹿，野豬，
狐狸，野兔，還有靈巧狍鹿

在蒼翠林中往來自如。
掌管此間森林的神靈
乃是歐洛米。醇酒與獵歌
在他的廳堂沛然流淌。
長久以來諾姆族又稱他為
塔夫洛斯，他的獵角長鳴
多年前回蕩在處處山嶺；
諸神中惟有他熱愛
日月的旌旗升空招展
之前的世界；他的駿馬
四蹄掌以黃金。在西方彼岸
的森林裡，他擁有無數
不朽種族的獵犬狺狺。
強健靈敏，有灰有黑，
白色長毛如絲綢光潤，
還有純棕灰花，準確敏捷
如紫杉長弓放出的羽箭；
它們的吠叫彷彿鳴響在

維爾瑪王城上的低沉鐘聲；
眼睛像是有生命的珠寶，
列齒猶如象牙。它們如寶劍出鞘
繫繩甫解，直奔氣味追索而去
帶給塔夫洛斯狩獵的歡趣。

在塔夫洛斯的河灣綠野
胡安曾是一隻幼犬。
他長成敏捷中最敏捷者
歐洛米將他贈送給了
喜愛追隨自己的獵角
馳越丘谷的凱勒鞏。
當費艾諾眾子背離家園
前往北方，光明之地的獵犬
惟有胡安跟隨在主人身邊。
他參與了每一次奇襲
每一次狂野的突擊
深入每一場致命的戰役。

奧克，惡狼，砍殺的白刃
多少次，他從中救援了自己的主人。
他有灰色毛皮，勇猛無倦
專獵惡狼；閃亮的雙眼
穿透陰影迷霧，在濕沼荒草
簌簌林葉，灰土塵沙之間
他能找見數月前的氣息，
他熟悉貝烈里安德每一條小徑。
但是惡狼，才是他心頭所好；
他喜歡直撲它們的咽喉
了結兇殘邪惡的性命。
夙巫的狼群，懼他如死神。
無論巫術，槍箭，咒禱，
無論獠牙，還是邪術的毒藥
都不能傷他分毫。因為他的命運
已經織就。但是他絲毫無懼
那業已判定，昭告於眾的結局：
他將死在最強大者手下，

他將死於最強大的妖狼爪牙，
面對最強大的妖狼生長於石窟，他終將殞命。

聽！在遙遠的納國斯隆德，
越過西里安河，更往遠處，
隱約有呼喊與獵角響起，
吠叫的獵犬成群穿過樹林。
行獵開始了，森林被驚醒。
騎獵者何人？難道你不曾聽聞
凱勒鞏與庫茹芬
放出了獵犬？在日出之前
他們歡欣喧鬧著翻身上馬，
帶著長槍與弓箭。
近來夙巫的狼群竟敢
四處遊蕩。在湍急的納洛格河對岸，
它們的眼睛在夜裡熒熒發光。
也許，它們的主人做夢也在
老謀深算，編織詭計，

想刺探精靈貴族的祕密，
想窺知精靈國度裡有何來往
在山毛櫸與榆樹下有何動向？

庫茹芬說：「親愛的兄長，
這種異狀，我可不樂見。
這預示了什麼黑暗的詭計？
我們得趕緊掃蕩這些邪祟的形跡！
此外，要是能狩獵一場殺些惡狼，
我心就能歡喜昂揚。」
然後他靠過去低聲耳語，說
歐洛德瑞斯是個遲鈍的笨蛋；
納國之王一去經年，
卻不聞一點消息傳言。
「查明他是死了還是無恙
至少對你有利；
召集你的屬下與軍隊。
然後說『我出門打獵』，」

人們就會以為你想要的
只是納洛格河畔的獵物而已。
但在森林裡或可探知消息；
如果天賜好運，機緣巧合，
他從瘋狂的旅途歸還，再如果
他帶回一顆精靈寶鑽——
其餘我不必多言；但一個理當
歸你（也歸我們）所有，就是那光明的寶石；
另一個也能手到擒來，就是王權。
我們的家族才是年長的血脈。」

凱勒鞏凝神細聽。他未發一語，
卻帶了強健的人馬出動；
一眾獵犬以胡安為首，
隨著興奮的嘈雜跳縱。
他們馳騁三天，經過雜木叢生的
丘陵山嶺，獵殺夙巫的狼群，
斬下許多頭顱，收穫灰色狼皮，

他們又驅逐了大批惡狼，
直到接近多瑞亞斯西部的邊界，
　才終於止步，稍作歇息。

隱約有呼喊與獵角響起，
吠叫的獵犬成群穿過樹林。
行獵開始了，森林被驚醒，
是誰像受驚的小鳥一般逃命，
她猶如舞蹈的腳步帶著恐懼。
她不知道是誰驚擾了森林。
她離家遠遊，穿過溪谷
蒼白如孤魂來去飄忽；
她的內心不斷催促她繼續向前
但是她氣力已盡，雙眼黯然。
胡安看見一個影子搖曳
倏然穿過一片林中的草地
彷彿夜霧被日光包圍
匆忙倉皇，驚恐遁退。

強壯的胡安吠叫，奔撲追逐
那陌生幽暗，膽怯的身影。
搧動著恐懼的翅膀，猶如
被高處疾飛的鳥兒捕食的蝴蝶，
忽而懸空不動，忽而振翅直飛，
她茫然亂闖，四處衝撞
卻是徒勞。最後她身倚樹幹
只能喘息，胡安直撲上前。
無論危難中驚呼的魔法字句，
還是她所通曉，編織進自己
黑色衣袍的精靈法力，
都無法抵禦這頭強健的獵犬，
他不受任何咒語支配轄制
因為他屬於古老的永生族群。
除了胡安，她從未遇見誰
不為魔咒所制，
不折服在她的法力之前。但是她可憐可愛，
嗓音溫柔，憂傷蒼白，

雙眼淚水迷茫，仿如星光
馴服了無懼死亡與怪獸的獵犬。
他輕輕將她馱起，把這顫抖的負荷
輕輕負在背上。凱勒鞏從未
見過這樣的獵物：
「好胡安，你帶了什麼回來！
是黑暗精靈少女，鬼魂，還是精怪？
咱們今天可不是為了這個而來。」

少女說：「此乃多瑞亞斯的露西恩，
她滿懷憂傷，流浪在蜿蜒小徑
遠離森林精靈的晴朗林間，
她的勇氣漸漸消散，
希望黯淡。」說著她褪下
猶如一片陰影的斗篷，
現出身形，如沐銀白光暈。
珠寶如星辰閃爍晶瑩
朝陽下彷彿清晨露水；

藍衣有黃金百合點綴
熠熠生輝。誰能夠目睹
那美好的臉龐卻不生讚歎？
庫茹芬凝視良久，目不轉睛。
她長髮微有香澤，鮮花繞纏，
輕盈的體態，精靈的臉龐
擊中他的心，他著了迷
寸步不能移。「啊，王家的少女，
美麗的女士，妳為了什麼
如此長途跋涉，寂寞艱辛？
多瑞亞斯發生了什麼可怕的事
有什麼戰亂與悲痛的消息？儘管說吧！
好運指引妳一路順利；
妳已經找到了友情善意。」凱勒鞏說，
一面凝望她的精靈身姿。

他心中想著自己所知的那些
她沒說出的故事，但他面帶笑意

她看不出任何詭計。
她問：「您是何人，帶領著如此堂皇人馬
逐獵在這危險的森林裡？」
他們的回答似乎充滿好意。
「可愛的女士，我們聽候妳的差遣，
是納國斯隆德的君主，在此相迎
請求妳一起回到他們的山居，
暫時忘掉妳的憂慮，
重獲希望，安然休息。
現在但請妳說說自己的遭遇。」

露西恩敘述了貝倫
在北方的作為，命運帶領他進入
多瑞亞斯，她的父親辛葛
大為震怒，指派給貝倫
艱難的任務。這兄弟倆聽了
不動聲色，彷彿聽到的話語
與他們絲毫無涉。

她從容講述自己離家的經過
以及她織就的神奇披風，但當她憶起
貝倫踏上危途之前溪谷裡的陽光，
憶起多瑞亞斯的月光與星光，
她難以為繼。
「兩位大人，我們必須儘快！
不能虛擲辰光，安然休息。
須知王后美麗安心有明晰洞見，
多日前她縱目遠望，
深感憂懼，她告訴我，
貝倫淒慘無助，身陷囹圄。
妖狼之主的牢獄黑暗，
鎖鏈與妖法無情而兇殘，
被困的貝倫正受苦煎熬——
如果更可怕的事物還沒有
為他帶來死亡，或者對死的希冀。」
悲哀哽住咽喉，讓她無法呼吸。

庫茹芬私下低聲對凱勒鞏說：
「現在我們問出了
費拉貢德的下落，還知道
夙巫的妖獸為何逡巡。」
他又悄悄耳語諸般建議，
教凱勒鞏應當如何回應。
凱勒鞏說：「女士，如妳所見，
我們正在獵取遊蕩的野獸，
我們的人馬壯盛勇敢，
但要進攻魔巫的島嶼要塞，
尚嫌輕率，準備不足。
還請不要誤解我們的心志。
妳看，我們現在中止逐獵
取道捷徑，返回山居，
在那裡再行謀策，秣馬整兵，
前去拯救痛苦無援的貝倫。」
他們返往納國斯隆德，
帶著憂心如焚的露西恩。

她惟恐馳援不及，逝去的每一刻
都催促著她的心神，但她感覺
他們並沒有全速前進。
胡安不分日夜，領頭飛奔。
他每次回頭等待，都感到
困惑不解。他的主人有何目的，
為什麼他不急如星火般趕路？
為什麼庫茹芬望著露西恩，
眼中有熾熱的欲望？他深深思考，
感到有古老的詛咒悄悄
投下邪惡的陰影，將精靈之地籠罩。
他內心苦苦掙扎，為著
英勇貝倫的苦難，為著可愛的露西恩
還有無所畏懼的費拉貢德。

在納國斯隆德，火把高燒，
盛宴與音樂已經備好。
露西恩不吃不喝，惟有悲泣。

她失去自由，被嚴密看守
不得逃走。她的魔法斗篷
被藏了起來。她的祈願
無人聆聽，她焦急的疑問
無人回應。遠方那些人
在漆黑的地牢中遭受痛苦漸漸憔悴，
身陷囹圄狀況淒慘，
此地卻彷彿無人理會。
太晚了，她這才知道這兩人的背叛。
費艾諾之子將她擄來
在納國斯隆德，這不是祕密
他倆不關心貝倫，也沒有理由
從夙巫那裡奪回那位他們
不愛的君王——他的任務喚醒了
他們胸中那仇恨的誓言。
歐洛德瑞斯知曉他們
正在實施的陰暗圖謀：
袖手放任費拉貢德王身殞，

費艾諾家族將與辛葛的血脈結盟
無論借由武力，還是協議。
但是歐洛德瑞斯沒有權力
阻止他們的行動，因為
他所有的臣民仍受他們轄制
人人仍然聽從他們的指使；
歐洛德瑞斯的諍言無人在意；
他們已將羞惡之心踐踏，不肯理會
費拉貢德急難待援的消息。

每一天，跟在露西恩腳邊
夜裡在她的臥榻旁陪伴
是納國斯隆德的獵犬胡安；
她對他說話，溫柔慈愛：
「胡安啊，胡安，凡世大地上
自古以來最敏捷的獵犬，
你的主人懷著什麼樣的邪念
無視我的眼淚與苦難？

從前在眾人之中，巴拉希爾
最把上好的獵犬珍愛；
在孤獨無侶的北方，貝倫
亡命流浪在荒野，
他仍有忠實的朋友，都是
身覆毛皮，肩生羽翼的生靈，
以及古老荒涼的岩石深山
依然隱居的神靈。但是
現在除了美麗安的女兒，
無論精靈與凡人，
誰都不記得連魔苟斯也無法
將之催折、打入奴役的貝倫。」

胡安沒說話，但是庫茹芬
從此不能接近露西恩
也不能碰觸這位少女，
因為胡安的獠牙使他退懼。
於是在一個夜晚，霧氣

繚繞著微明的秋月
明滅的群星閃現，流劃在
滿天縱橫飛雲之間。
冬天的號角，已經在
蕭索的林中吹響。
看！胡安不見了。露西恩
獨自一人，憂懼又生新患。
萬籟俱寂，不聞聲息
無眠之夜充滿未知的恐懼，
天尚未明，一個影子貼著牆下
悄然來到。接著
她的魔法斗篷飄然落在臥榻邊。
她渾身顫抖，卻見大獵犬
匍匐在側，她聽見一個低沉的話音
彷彿遠方塔樓上鐘聲悠緩。

胡安說話了，之前他從未開口
此後也只有兩次，他能夠

口吐精靈語言：
「摯愛的女士，所有人類，
整片精靈之地，所有肩生羽翼
身覆毛皮者，都該服侍敬愛你。
起身吧！出發！披上你的斗篷！
在天光降臨納國斯隆德之前，
我們將飛奔，你跟我，
奔赴北方的重重危禍。」
接著他把完成此行任務
的計畫和盤托出，方才住口。
露西恩仔細聆聽，心中驚歎，
她溫柔凝視著胡安
張開雙臂抱住他的脖頸——
他倆的友誼永存，直到死亡來臨。

*

在魔巫的島上，被困在地牢

冰冷，邪惡，沒有光明與出口
受盡苦刑，是兩名被遺忘的戰友
茫然瞪視無盡黑夜。
現在只剩下他們兩個，
其他十人都已命終，
碎折的骨頭，森然在目
他們為主忠心耿耿，直到最後。

貝倫對費拉貢德說：
「我死不足惜，
所以我想吐露一切，
如此你也許能脫離
這黑暗的地獄。我在此解除
你舊日的誓約，你為我
承受的一切，早已抵過當年的恩義。」

「唉！貝倫，貝倫你還不知道
魔苟斯爪牙的承諾

虛無縹緲。無論得知
我倆名字與否，
夙巫都決不會准許你我
脫離這黑暗痛苦的桎梏。更有甚者，
他若知道被俘者乃巴拉希爾之子
與費拉貢德，我想我們只會
遭受更多折磨，他若知道
我們此行艱辛為何而來
還會使出更可怕的對策。」

他們聽見惡魔的笑聲
迴響在黑牢裡。「是極，是極，
你說的沒錯，」一個聲音說道。
「區區法外凡人，
他是死不足惜。但是一個王，
一個不死的精靈，能承受諸多
凡人無法忍受的手段。也許，
當你的族人知道是誰

被這恐怖慘酷的高牆監禁，
就會卑伏了高傲之心，急著以寶石黃金
贖回他們的王；又或許，
傲慢的凱勒犟會認為
讓對手留在牢獄裡更划算，
把王位與黃金都留給自己。
又或許，在一切結束之前，
我會弄清楚你們為何而來。
惡狼饑渴，時辰已近
死亡，貝倫不必再把它等待。」

分秒緩慢流逝。昏暗中忽見
兩隻眼睛閃現。貝倫知道劫數將至
被縛的他不聲不響拉扯鎖鏈，
拚盡凡人全身氣力。
聽！乍然傳來鏗鏘巨響
鐵鍊脫落崩解，羅網
四分五裂。猛撲而上

制住陰影中蟄伏的惡狼
不畏獠牙與致命的創傷，
卻是忠誠的費拉貢德。
黑暗中他與惡狼緩慢纏鬥，
低聲咆哮，毫不留情，
咬住血肉，扼緊咽喉，
手指纏進蓬亂的毛皮，
倒伏的貝倫被撇下無人理會
終聞那頭妖狼瀕死喘息。
然後他聽見一個聲音：「永別了！
無畏的貝倫，我的夥伴與戰友，
這片凡世，我不再停留。
我已經全身冰冷，心房爆裂。
我用盡最後的力量
掙脫了束縛，致命的毒牙
已經刺進了我的胸膛。
現在我得走了，走向長久的歇息
去那時光停駐的殿堂，蒂姆布倫廷山下，

那裡諸神飲宴，光明照耀在
閃光的海上。」就這樣，王死了，
精靈琴手至今猶在傳唱。

貝倫倒臥在地。他悲痛卻無淚水，
他絕望卻無懼無畏，
等待著腳步，語音，等待大限到來。
死寂幽深，更勝萬古王陵
久遭遺忘，猶如棺槨
滿覆無數年月塵埃
深深葬入永恆的地底，
死寂緩慢，無間，悄悄將他包圍。

突然死寂遭遇劇震
如琉璃般分崩離析。隱約傳來歌聲
震撼著施了魔法的山丘，
震撼著監牢鐵鎖，巨岩四壁，
光明刺穿了黑暗的威力。

他感覺自己被繁星閃閃的
寧靜夜晚包圍，空氣裡有
沙沙微聲與罕見的香氣；
夜鶯在樹梢，月光下
纖長手指撫奏著
長笛與六弦提琴
在一座岩石孤丘上，古往今來
最美的人兒獨自起舞
身著微光閃爍的衣裙。

彷彿在夢裡，他開始歌唱，
他的吟唱響亮激昂，
唱起北方古老的戰歌，
講述驚險的壯舉，
進軍挑戰無數險阻，摧毀
強大勢力與高塔，搖撼堅固的城牆；
人類口中的「點燃的煙斗」，
七顆明星乃瓦爾妲親手

在北方安放，銀色的火焰
仍燃燒不息，大放光亮
黑暗中的光明，悲痛時的希望，
它是魔苟斯敵手的宏大紋章。

「胡安，胡安！我聽見一首歌
從深深的地下升起，遙遠但有力
那是貝倫傳上來的歌。
我聽見了他的聲音，過去我在
睡夢與流浪時，經常聽見的聲音。」
露西恩悄聲耳語。死寂的夜裡
在苦難的橋上，她身披斗篷
坐下歌唱，魔巫的島嶼
直到最高，直抵最深，
巨岩堆疊著巨岩，椿梁支撐著椿梁，
都在戰慄著迴響。妖狼齊嗥，
胡安隱身低伏，沉聲咆哮
她在黑暗中警覺聆聽，

等待殘酷無情的戰鬥來臨。

在高塔中，夙巫身裹烏黑斗篷
聽見她的聲音
遽然起身。他聆聽良久，
露出笑容，他認出了這首精靈歌曲。
「哈，小露西恩！是什麼
把愚蠢的飛蟲，帶進不該去的網中？
魔苟斯！等我為您的珍藏
添上這顆寶石
您將欠我豐厚的獎賞。」
他步下高塔，調兵遣將。

露西恩歌聲不停。一個鬼祟的暗影
舌頭血紅，齒牙大張
偷偷走上石橋；她全身顫抖
圓睜的雙眼無神，但她繼續歌唱。
鬼祟暗影一撲上前，

轉眼卻掙扎喘息，倒地不起。
它們一隻接一隻，前仆後繼，
都送了性命，沒有一隻
能夠拖著腳步回去報信
說橋頭潛伏著一個兇猛可怕
的身影。於是橋下
嗚咽厭恨的水流，淹沒了
大批胡安撲殺的灰色狼屍。
一個有力的身影，緩緩走上窄橋
它是滿口貪涎的仇恨化身，
它是可怖的妖狼，強壯兇狼：
灰白色的肇格路因，長久以來
統領所有被唾棄的野獸與惡狼，
以人類與精靈的血肉為食
就在夙巫的座下腳旁。

他倆的搏鬥不再沉默。
黑夜裡震響了嘶嘯低嗥，

直到妖狼哀鳴著瑟縮逃竄
死在他被餵養大的座椅腳畔。
「胡安就在外面，」他說完就斷了氣，
夙巫聞言，胸中充滿怒火與傲慢。
「他將死在最強大者手下，
他將死於最強大的妖狼爪牙，」
他如是想，以為自己知道
胡安命運的古老預言，將如何分曉。
只見一個毛髮蓬亂的形體出現，
狠惡地盯住黑夜緩步上前
全身浸透毒藥，遍體潮濕陰寒
可怕的眼睛如惡狼般貪婪
然而其中熒熒有光，比狼眼
還要恐怖兇殘。
它身高體壯，口似血盆，
森森閃耀的利牙，
把毒液、折磨、死亡沾染。
它的呼吸是致命的蒸氣

橫掃前路只在吞吐之間。
露西恩的歌聲漸漸低落
她的眼睛失去了神采，
因冰冷、劇毒、陰沉的恐懼而黯淡。

這就是夙巫化為狼身，
從安格班的大門直到炎熱的南邊
潛身凡世土地肆虐為禍的惡狼
如此巨大的前所未見。
他猛然撲來，暗影中
胡安閃身躲開。他隨即轉身
衝向暈厥的露西恩。
她在昏沉中依然感覺到
他惡臭的呼吸，於是她稍微轉醒，
強撐著低聲說出神奇咒語，
她的斗篷輕掃他的臉前。
他一個踉蹌，腳步蹣跚。
胡安猛撲上前。惡狼往後一閃。

星空下，獵食的群狼猶如困獸
發出戰慄的長嗥，
無畏的獵犬吠叫，撲殺敵手。
他倆忽退忽進，跳縱奔逐，
時而彼此周旋，時而佯攻防守，
扭打廝殺，倒而復起。
突然胡安將這可怕的對手摔翻在地
撕開他的喉嚨，要扼殺他的性命。
但爭鬥並未如此告終。只見他不斷變形，
忽而惡狼，忽而大蟲，
忽而怪獸，直到現出惡魔原身，
任憑夙巫變幻，卻始終無法掙開
或擺脫胡安那不顧一切的緊咬。
無論巫術，槍箭，咒禱，
無論獠牙，還是邪術的毒藥
都不能傷胡安分毫，他曾經是
維林諾的獵犬，在那裡將公鹿與野豬獵倒。

魔苟斯以邪惡繁衍出的醜惡邪靈
渾身發抖，幾乎脫離了
黑暗的軀殼，此時露西恩起身
微顫著注視痛苦掙扎的夙巫。

「黑暗的惡魔，卑鄙的幻影
你是汙穢、謊言、狡詐鑄就，
你將命喪此地，畏縮的魂魄
游回主子的巢穴裡
忍受他的咒罵與憤怒吧；
他將把你監禁在呻吟的
大地肚腸深處，你赤裸的遊魂
將在洞窟裡
高聲哀嚎，語無倫次——除非
你交出這黑暗堡壘的鑰匙
坦白你用什麼魔咒
緊箍石塊建造此地，
再說出解除桎梏的密語。」

他渾身戰慄，掙扎喘息
背叛了主子對他的信任，
徹底認輸屈服，交代了所有祕密。

看！橋頭光明乍放，
猶如群星自夜空臨降
將下界燃燒震撼。
露西恩張開雙臂，
高聲呼喚，她的嗓音清亮
恰似萬籟俱寂之際，
越過山嶺，凡人偶爾聽見
精靈的號角悠悠回蕩。
黯淡的山脈背後，黎明初現；
灰白的群山峰頂，靜靜凝望。
山丘震盪，城堡坍塌，
高塔無不傾頹；
岩石裂張，橋樑崩解，
濃煙驟起，西里安河翻騰如沸。

夜鴞飛竄，仿如幽靈，
在晨光中啼泣，
骯髒的黑蝙蝠，冷風中飛掠，
往致命夜翳森林的陰暗枝間
尖叫著尋找新的巢穴。
昏暗的陰影裡，惡狼哀鳴嗚咽
四處逃竄。蒼白的人影衣衫襤褸
彷彿夢醒，蹣跚走出地牢
抬手遮擋光眩的雙目：
他們是漫長黑夜裡飽受煎熬
斷絕希望的俘虜，此刻
既懼且驚，重獲自由得光明照拂。

一隻肉翅巨大的吸血魔鬼，
從地底竄出，尖嘯著飛遠
汙血滴灑在林梢；
胡安只見爪下的狼形軀殼
喪失了生機——夙巫已逃往

陶爾—那—浮陰，暗夜籠罩的森林
在那裡把新的王座與更黑暗的堡壘重建。
重獲自由的俘虜們一湧上前
涕泣悲鳴著讚揚與感激。
但是露西恩焦急地放眼尋覓。
貝倫沒有出現。終於她說：
「胡安，胡安，難道我們
只能在死難者中找到要找的人？
為了愛，我們曾為他艱辛奮戰。」
於是他倆結伴，在西里安河畔
把每一塊岩石搜遍。他們發現
貝倫獨自一人，紋風不動
在費拉貢德身旁哀悼，甚至沒有
抬頭看看，是誰遲疑著來到他的身邊。

「啊！貝倫，貝倫！」她把他呼喚，
「我是不是找到你已經太晚？
哀哉！地上你空自痛悼的這位

不正是高貴的族類裡
那最高貴的一位！
唉！往昔相聚的時光無上甜美
如今重逢卻淚眼相對！」
她的聲音飽含愛意與期盼
他胸中哀痛止息，抬起雙眼，
她竟親身犯險來到他身邊
他的心中為她重新燃起了火焰。

「啊，露西恩，露西恩！
精靈之地最美好的少女，
妳的美人類的兒女無法企及，
妳的愛擁有多大的力量
竟將妳帶來恐怖的老巢！
看看這柔軟的手足，如雲的烏髮，
花朵裝飾的額頭如此白皙，
纖長的雙手沐浴著嶄新的晨曦！」

她投入他的臂彎，就在
這破曉時分暈去。

*

歌謠傳說，精靈曾用
被遺忘已久的古老語言，
傳唱露西恩與貝倫如何
遊蕩在西里安河邊。
他們輕快穿過諸多林間草地，
共度時光甜美，所過之處充滿歡欣。
雖然林中寒冬肅殺
她腳邊依然流連著鮮花。
緹努維爾！緹努維爾！
貝倫與露西恩所到之處
鳥兒在雪峰下生活歌唱
沒有絲毫懼怕。

他們離開了西里安的小島，
但在島上山頂，堆起了一座
綠色墳丘，豎起了一方石碑，
彼處埋葬的白骨，乃是
芬羅德之子，費拉貢德——
直到這片土地滄桑變幻，
沉沒在無底深海。
但在維林諾的樹下，費拉貢德
暢笑無憂，再未踏足
淚水與戰亂的灰暗世間。

他並未回到納國斯隆德；
消息卻迅速傳了過去，
納洛格之王已死，夙巫已被擊敗，
岩石塔樓已崩壞。
很多人終於回到故土
多年前他們被陰影俘虜。
獵犬胡安也如幽影般歸來，

卻未從憤怒的主人那裡
得到絲毫感激與讚譽；
他雖不情願，但忠心如故。
納洛格的殿堂充滿喧鬧
凱勒鞏想制止卻是徒勞。
人們痛悼他們隕落的王
疾呼一個少女居然有膽量
去做費艾諾眾子不敢做的事，
「殺了那些不忠不義的王子！」
反覆無常之輩現在這麼高喊
當初隨王出征他們卻是不願。
歐洛德瑞斯道：「王國如今
歸我一人掌管。我不允許
親族濺血相殘。但是
此地不會將食宿賜予
背叛了芬羅德家族的兄弟兩人。」
他倆被帶上前來。凱勒鞏
傲慢不遜，拒絕行禮，

絲毫不以為恥，眼中閃著
恫嚇的凶光。但庫茹芬
那機巧的薄唇邊，笑意猶噙。

「日落之前，你們必須
永遠離開這裡。你們
乃至任何費艾諾之子，
永遠不得返回此地；
你們與納國斯隆德
永遠沒有情義可言。」

「我們決不會忘記！」
他們說完，轉身快步離去，
牽出駿馬，召集
依然效忠自己的親隨。
他們一語不發，吹響了號角
急如星火，怒氣衝衝地馳離。
漫遊的貝倫與露西恩

此時正朝多瑞亞斯走近。
雖然寒風陣陣，林木凋盡，
冬日的氣息嘶嘶掠過枯草間，
他們依然在天空下歌唱
霜白的蒼穹茫茫高遠。
他們來到明迪布河狹窄的激流邊
明亮溪水跳蕩著離開山間
這裡是多瑞亞斯的西面邊疆
美麗安的魔咒編織成網
守護著辛葛王的國境，
陌生的腳步都會迂回迷失其中。

貝倫的心中突感憂傷：
「唉，緹努維爾，我們就此別了
妳我短暫的和鳴告終，
各自走上孤寂的旅途！
「為什麼告別？更光明的前景

就在眼前，你何出此言？」
「因為妳過了邊界，就能
安全回到美麗安的保護之下
妳就能自由自在地徜徉，
回到深愛的森林與故鄉。」

「遠遠望見多瑞亞斯不受侵犯
美麗的林木蒼蒼莽莽
在微光中挺立，我心的確歡喜。
但是多瑞亞斯，我心已經背棄。
我的腳步帶我離開故土，
離開了家園與親族。我的眼睛
不願再見那裡的一草一葉
除非有你與我一起。
埃斯加爾都因
河岸幽影濃蔭，水深流勁！
為何我要拋下歌曲

終至在無盡的滾滾河水畔
絕望獨坐，心痛而孤寂
凝望著流水無情而去？」

「就算辛葛願意或者允許，
貝倫也再不能找到通往
多瑞亞斯的曲折小徑；
因為我曾向妳父親發誓
不再回到那裡，除非我取來
那顆閃耀的精靈寶鑽，
以英勇贏取我心所欲。
『無論岩石、鋼鐵、魔苟斯的烈火
還是精靈之地的全部力量，都不能阻止我
擁有我渴望的珍寶。』
我曾如此立誓。
為了美好勝過人類兒女的露西恩
唉！我的承諾，我必堅守，
縱然悲傷錐心，滿腔離愁。」

「那麼露西恩也不會回去家裡，
而將在森林裡流浪悲泣，
不在意危險，也不再歡笑。
如果她不能違背你的心意
與你並肩同行，她也定要追隨
你鋌而走險的腳步，直到
貝倫與露西恩重逢，再度相戀
無論在凡世還是在陰影的海岸。」

「不行，最勇敢的露西恩，
妳只讓離別愈發艱難。
妳的愛救我脫離監禁危難，
但是妳那蒙受無上祝福的光芒
千萬不能被引向那遠方的恐懼，
那最黑暗的城堡可怖至極。」
他不由得顫抖，「千萬不能！千萬！」

正當她在他的臂彎裡乞求，
異聲忽至彷彿疾行的風暴。
馳來的是庫茹芬與凱勒鞏
喧囂驟起猶如一陣風響
敲打大地的馬蹄鏗鏘。
他們滿懷憤怒，
瘋狂往北急奔，尋找
致命翳影交纏的陶爾—那—浮陰
與多瑞亞斯之間的小道。
那是最快的捷徑
他們要去投奔東方的親族，
那裡希姆淩山丘守衛著
壁立森然的阿格隆隘口。
他們看見了漫遊的二人。
只聽一聲呼嘯，他們急馳而上
看似要把這對戀人與他們的愛情
了結在瘋狂的馬蹄之下。
但逼近的坐騎驟然轉向

駿馬鼻孔大張，扭過高貴的脖頸；
庫茹芬在馬上彎身，伸出強壯的手臂
將露西恩擄在鞍後，他放聲大笑。
然而他笑得太早。
兇猛更勝金毛的獅王
被帶了倒鉤的羽箭激怒，
有力猶比長角的雄鹿
被追獵時一縱越過山谷，
貝倫縱身一躍，一聲大吼
直撲庫茹芬，絞緊雙臂
環住了他的咽喉，
人仰馬翻，摔落在地，
二人展開了無聲的纏鬥。
在凋盡的樹枝與天空下
露西恩躺在草地上昏迷不醒；
諾姆族王子感到貝倫無情的
手指扼緊咽喉，毫不鬆動，
他雙眼開始暴凸，

吸不進氣的嘴裡舌頭懸吐。
凱勒鞏拍馬而上，手中持矛
慘死的命運逼近了貝倫。
露西恩從絕望的鎖鏈下拯救的人
眼看要死於精靈的鋼刃。
但咆哮的胡安突然縱身
躍到主人面前，
毛發怒張，白牙雪亮，
就像瞪視著野豬惡狼。
凱勒鞏的坐騎驚跳躲閃，
盛怒之下他高聲咒罵：
「詛咒你！低賤的狗，
膽敢向你的主人齜牙逞兇！」
但無論是狗，是馬，還是膽大的騎手，
都不肯靠近強大的胡安。
他暴怒反冷靜，身處劣勢卻兇猛，
張開大口血紅。他們往後退縮，
恐懼地遠遠打量：

無論寶劍短刃，還是長長彎刀，
弓射羽箭，還是投擲尖矛，
無論主人親隨，胡安絲毫無畏。

庫茹芬險些交代了性命，
幸好露西恩制止了搏鬥。
她醒來起身，焦急地
來到貝倫身邊，輕聲呼喚：
「大人，馬上克制你的怒火！
千萬別學可憎的奧克。
精靈之地的仇敵眾多，
不見稍減，我們卻因為
古老的詛咒而可悲地內鬥，
任由世界崩壞衰墮。
請停手講和！」

於是貝倫放開了庫茹芬，
但取了他的坐騎與鎖甲

奪了他閃耀寒光的寶刀，
精鋼錘鍛，不帶刀鞘。
此刀的刃尖刺破的血肉
沒有醫者能夠治療；因為
很久以前，矮人慢慢吟唱著咒語
把它鍛造，諾格羅得城中
他們的錘打聲聲，彷彿鐘鳴。
此刀截鐵猶如軟木，
斬斷環甲彷彿羊毛。
但現在它落入旁人之手，
舊主已被凡人打倒。
貝倫扛起庫茹芬，遠遠擲在一邊，
「滾！」他喊，言語不留情面；
「快滾！愚蠢的叛徒，
願你的貪婪在流亡中冷卻！
起來，快走！別再效仿
魔苟斯的奴隸或該受詛咒的奧克！
高傲的費艾諾之子，

願你今後的作為比過去的行徑高貴！」
貝倫說完便領著露西恩離去，
胡安依然在原地警戒。

「後會無期，」俊美的凱勒鞏喊道，
「遠遠地滾！費艾諾眾子的怒火
將燒遍谷地山嶺
你哪怕在荒野裡餓死，
也好過品嘗我們的憤怒。
什麼寶石，美女，精靈寶鑽，
你休想長久占有！
我們在光天化日之下詛咒你，
我們從晨起到安歇都詛咒你！
後會無期！」他飛身下馬，
從地上扶起自己的兄弟；
然後他拉開黃金張弦的紫杉弓
朝著毫無防備攜手走遠的兩人
射出羽箭，箭簇是矮人的工藝

還帶著殘酷的倒鉤。
貝倫與露西恩沒有轉身或回顧，
但胡安高聲咆哮，縱身上前
截下了疾飛的羽箭。猶如星流電轉
又一箭破空而來索命；
已經轉身的貝倫猛然上前
將露西恩以胸膛護住。
箭簇深深貫入血肉。
他頹倒在地。那兄弟倆丟下他
縱聲大笑，揚長而去；
然而他們催馬如風，害怕
怒極的胡安追至。
儘管庫茹芬傷腫的嘴唇在笑，
但關於這背信一箭的故事
日後在北方流傳，
人類在大出征[1]時依然牢記，
怨恨助長了魔苟斯的意念。

從此獵犬再也不願
追隨凱勒鞏與庫茹芬的號角。
縱然歷經風雨戰亂，
房舍全部焚燒傾頹，
胡安再也沒有把頭
伏在舊主的腳邊。
英勇敏捷的他，從此追隨露西恩。
此刻她跌坐在貝倫身邊悲泣
試圖止住如潮鮮血
泉湧而出，既多且急。
她撕開他的上衣，
從肩頭拔出銳利的箭簇，
再用淚水洗淨他的傷口。
胡安尋來一片草葉，
在所有草藥裡最具療效，

1 譯者注：大出征（Marching Forth）指的是淚雨之戰前，人類加入邁茲洛斯聯盟。參見《中洲歷史》第三卷第二七四頁。

長青的它生在林間草地
有著寬大灰白的葉片。
胡安知曉所有藥草的功效，
因為他曾在林中探索遠遊。
它很快緩解了貝倫的痛苦，
而露西恩在樹影下為他
低聲吟唱止血的咒語，
在充滿戰火兵禍的不幸生活中
精靈女子長年把它傳誦。

大山投下陰森翳影，
諸神的鐮刀躍升
在北方的幽暗天空，
在冷酷的黑夜裡
每顆星兀自大放光芒，
閃耀著明輝清冷。
地上一星紅光跳躍：
在交織的樹影下，

篝火與荊棘嗶剝作響。
貝倫昏睡在火旁，
夢中他目不暇給，漫遊不停。
照拂他的是一位美麗的少女，
她清醒不寐，
潤濕他的嘴唇，撫平他的眉宇，
輕聲吟唱一首歌，功效更勝
從前所有的古奧銘文與醫者咒語。
徹夜的守望漸漸結束，
灰霧彌漫的早晨慢慢來臨，
白日輾轉驅散了朦朧。

貝倫清醒過來，睜開眼睛，
他起身大喊：「在另一片天空下，
在更可怕的陌生世界裡，
我久久流浪，彷彿孤身
走進死亡所在的幽暗陰影；
但始終有一個熟悉的聲音，

像鐘鈴，像弦樂，像豎琴，像鳥鳴，
像無詞的音樂自由奔流，
把我呼喚，穿過黑夜把我呼喚，
如有魔力，把我引回光明！
傷口已治癒，痛楚已平息！
現在我們又迎來了早晨，
又能踏上新的旅程——
奔赴險境。在那裡貝倫或可一搏求生，
但是妳，緹努維爾，我想還是
最好在林中等待，
等在多瑞亞斯的林木下，
但妳的精靈歌聲
餘韻永遠與我同在，
哪怕途中山巒荒涼，道路漫長。」

「不行，現在我們的敵人
不再只有黑暗的魔苟斯一人，
你的任務已經與悲痛、戰爭，

精靈之地的世仇繫於一體；
更有死亡，不只你我，還有勇敢的胡安，
往昔他的命運已有定局，
如果你出發，我預見這一切
將接踵而至。你的手萬萬不可
把那危險而光耀的寶石，
費艾諾的火焰，獻給辛葛，
萬萬不可！唉，所以
你為何要走？我們何不
遠離恐懼悲痛，在林間自由徜徉
無定居之所，以天地為家，
越過山丘，流連海灘，
在微風中，在陽光下？」

他倆心情沉重，爭論許久；
然而無論她的諸般精靈才藝，
優雅的雙臂，明亮的眼睛
如同細雨迷蒙的空中微顫的星子，

還是柔軟的嘴唇，迷人的嗓音，
都無法改變他的目標，動搖他的決定。
他決不會去多瑞亞斯，除非為了
送她歸鄉受到周密保護；
他決不會跟她前往納國斯隆德，
除非當地發生了戰爭與不幸；
當初她因愛而為他離開隱匿的故土，
他決不會讓她在杳無人跡的野外
受苦困頓，赤腳行路
流離失所不得安歇。
「魔苟斯的力量已經甦醒；
山陵丘谷為之戰慄，
追獵開始了，獵物猶在逃逸：
精靈的血脈，迷途的少女。
奧克與鬼影正在逡巡
在每棵樹下窺探，在每處林蔭與山坳裡
散布恐懼。他們在找妳！
每思及此，我便心冷，

希望漸漸凋敝。我詛咒自己的誓言，
我詛咒命運，它讓我倆相遇
卻把妳捲進我註定的不幸
在昏暗中逃亡，顛沛流離！
好了，我們趕快動身
取道捷徑，在天亮前
越過妳的故土邊境
回到多瑞亞斯的山毛櫸與橡樹下，
回到美麗的多瑞亞斯，
在那裡，邪惡無力越過
森林邊緣聆聽守望的木葉，
找不到入侵的路徑。」

她似乎順從了他的意志。
他們趕往多瑞亞斯，
越過了邊境。他們在林間
長滿綠苔的幽靜草地歇息；
高壯的山毛櫸枝幹光滑

為臥在樹下的他們遮蔽冷風，
他倆歌唱堅貞不渝的愛，
縱然大地沉入海底，
他倆被迫分離
也必將在西方海岸上重聚。

一天清晨，她臥於綠苔
猶在熟睡，就像天日苦寒
嬌嫩的花朵
不會在太陽升起前綻開，
貝倫起身，親吻她的秀髮，
靜靜飲泣，悄悄離開了她。
「好胡安，好好保護她！」
他說，「荒涼曠野上的水仙，
荊棘中的孤獨玫瑰，
都比不上她的脆弱芬芳。
保護她免受風霜侵襲，
將她從攀折毀棄的手中隱藏；

讓她遠離流浪與悲苦，
因為自尊與命運催促我出發。」

他翻身上馬馳離，
不敢轉身回顧；他硬起心腸
疾行整整一日
取道奔赴北方。

*

茫茫原野平坦廣袤，曾經
精靈王芬國盼威風凜凜
麾下軍隊銀光閃閃，在綠野上行進。
他們坐騎雪白，長槍鋒利；
高盔乃精鋼打造，
盾牌如明月光耀。
戰角軍號嘹亮長鳴
吶喊挑戰直上雲霄

響徹魔苟斯的北方城堡，
魔苟斯卻按兵不動，等待時機來臨。

死寂的冬夜裡，火焰的洪流
驟然沖上白茫茫的冰冷原野，
火光通紅，映紅了天空。
從希斯羅迷，黯影微光之地的城頭，
他們望見了火起，
煙汽成柱，蒸騰盤旋
鋪天蓋地，遮迷了滿天星辰。
遼闊的平原就這樣不再，
化為塵土流沙，鐵銹蒼黃，
化為乾渴的沙丘，
諸多碎裂的枯骨
散曝在荒蕪岩礫之中。
後來此地得名多爾—那—法烏格礫斯，
乾渴平原，被詛咒的不毛之地，
渡鴉覓食的露天墳場

多少俊美英勇者在此埋葬。
與平原接壤的崎嶇山坡
正是致命夜翳森林向北下降，
莽莽松林幽暗矗立，
陰森如同黑羽裝飾，彷彿眾多桅杆
兀立於墨色志喪的死亡之船
乘著冥冥中的氣息，緩緩飄航。

貝倫滿面沉鬱，在山坡上眺望
越過沙丘，越過變換不定的荒漠焦土，
遠遠望見那不祥的塔樓
就坐落在雷聲滾滾的桑戈洛錐姆隘口。
他的坐騎倦餓，垂頭而立，
牠是高貴的諾姆族駿馬，懼怕這片森林；
這片亡魂徘徊的恐怖荒原
再也沒有馬匹願意踏足流連。
「你有個糟糕的舊主，卻是一匹好馬，」
他說，「在這裡道別吧！揚起你的頭，

順著來時的路，回到西里安河谷，
途中經過那曾被夙巫
占領的蒼白小島，
回到甜美水畔，腳下重新長草環繞。
如果你找不到庫茹芬，
不要傷心！
與雌雄鹿群自由徜徉，拋開戰爭勞役，
在夢中重返維林諾——
古時你那強大的種族，
正是從塔夫洛斯的山中圍獵脫穎而出。」
貝倫留在原地，開始歌唱，
孤獨的歌聲響亮。
縱然奧克會聽見，還有徘徊的惡狼，
他卻不擔憂提防，
也不在意陶爾—那—浮陰的暗影裡
所有的醜惡活物鬼祟窺伺。
他向光明與白日告別，
心中冷硬，憤懣，不羈疏狂。

「永別了，樹梢的林葉，
你們在晨風裡奏響的音樂！
永別了，見證四季變遷的
長草、花朵與綠茵；
溪石上潺潺低語的流水，
還有靜靜獨處的小湖！
永別了，群山、河谷與平原！
永別了，風霜與雨水，
輕霧與雲朵，還有穹蒼氣息；
耀眼美好的星辰明月
將依然從天上俯視
這遼闊的世界，無論貝倫死去
還是留得一命——
倒臥大地深處，
在永恆的黑暗與濃煙中窒息
哭泣的悲慘回音也無從逃逸。
「永別了，親切的土地，北方的天幕，

此方永得祝福，只為她曾在此留駐，
只為她輕捷的雙足，曾在此倘佯，
在明月之下，在豔陽之下，
露西恩·緹努維爾，
凡人言詞，無法述盡的美好。
哪怕天地終將傾覆，
萬物崩解，霍然重歸
無盡深淵，鴻蒙遠古，
過往創造卻非虛擲，只為那
薄暮，黎明，大地，海洋
曾有露西恩片刻駐足！」

他高舉手中長刀，
面對魔苟斯的強大威脅
孤身發出挑戰；
他無畏地詛咒魔君，詛咒他的殿堂塔樓，
詛咒他投覆陰影的手，踐踏壓迫的腳，
詛咒他的誕生與末日，從冠冕到腳底；

然後貝倫就要下山突擊
拋開恐懼，放棄了希冀。
「啊，貝倫，貝倫！」突然傳來一個聲音，
「我險些就找到你太晚！
高貴無畏的人啊，
你我還不該告別，更不能分離！
如此拋棄終身相許的愛人
從來不是精靈一族所為。
我的愛就像你的力量一樣強大，
要去搖撼死亡的大門高塔
我的挑戰雖然微不足道
卻長存不息，絕不認輸
絕不退讓，更不消逝
縱然被鎮壓在大地的根基之下。
我心愛的傻瓜！居然想避開
這樣的追逐；不信任
這樣弱小的力量，以為不讓你的

摯愛為愛涉險才是上策。
然而她的愛正是為了支持你，
與其被禁閉在善意的守護下憔悴，
無助折翼，不能助你一臂之力，
她更情願接受死亡與折磨！」

露西恩就這樣回到他身邊，
在恐怖的邊緣
在荒漠與森林之間，
他們在凡人的領域之外重見。
他們忘情擁抱，他凝視她，
她揚起的臉，正在他的唇邊。
「現在我第三次詛咒自己的誓言，」
他說，「它把妳帶到了陰影之下！
不過，胡安在哪裡，
那頭我信任的獵犬？靠他對妳的愛
我托他護妳周全，
不讓妳踏上前往地獄的致命流浪。」

「我並不知道！但是好胡安
比你這位不近人情的大人，
更睿智、善良，更願意聆聽求告！
但我還是向他請求了很久很久，
他才終於如我所願，帶我
追蹤你的腳步——胡安能做
最馴順的小馬，步伐平穩如流：
要是你看見我們急馳的模樣，一定會放聲大笑，
當時一夜又一夜，奧克騎著妖狼
竄行如火穿過沼澤泥塘，
穿越荒野與樹林！但當我聽見
你嘹亮的歌聲——（是的，我聽見了
每一句對露西恩的魯莽讚美，每一句
向聆聽的邪惡發出的英勇挑戰）——
他卻把我放下，然後迅速跑遠；
我不知道他接下來有何打算。」

胡安的打算很快就見分曉，因為他回來了，
獵犬氣喘吁吁，雙眼如火，
擔心剛才放下的少女
會在自己回來之前
被狩獵的邪惡擄去。在他倆腳邊，
他放下他從西里安河中
那座高聳的小島贏取的兩樣可怕戰利品，
它們漆黑如濃蔭：
一張巨大的狼皮——張狂的獸毛
長而濃密，黑暗的魔咒
浸透了駭人的毛皮，
乃是妖狼肇格路因的皮囊；
另一件則是蝙蝠樣的外衣
有力的雙翼連著腳爪，
每個關節末端都是鐵釘一般的倒鉤——
它來自夙巫的信使，
尖叫著飛出致命夜翳的森林
黑壓壓如烏雲一片，天上一輪明月

映襯出伸展的翼翅剪影。
貝倫說：「好胡安，
你帶了什麼來？你有什麼主意？
夙巫敗在你手下，這兩件戰利品
代表你的勇猛與壯舉，
但在這荒野裡，它們有何用武之地？」
胡安再次開口說話，
他的聲音低沉
猶如維爾瑪王城的鐘聲：

「無論情願與否，你必須竊取一顆光明的寶石，
不是明珠來自辛葛，就是寶鑽來自魔苟斯；
現在你必須在愛情和誓言之間抉擇！
若你仍然不願毀棄承諾，
那露西恩要麼孤獨死去，
要麼與你同生共死，並肩對抗
向你的命運發起挑戰
它早已蟄伏在前方等待。

這趟遠征沒有希望，但還不算瘋狂——
除非你，貝倫，打算穿著這一身
凡人的衣裝，以這凡人的皮相
愚蠢輕率地前去，妥妥招來死亡。
「瞧！費拉貢德的計謀雖好，
但還可以更上一層，如果你們
敢於嘗試胡安的建議，
立刻換一副醜陋的面孔
變成最骯髒汙穢，令人憎惡的模樣，
一個化身巫師之島的妖狼，
一個披上蝙蝠怪物的害獸外皮
有著地獄惡鬼般的鉤爪雙翼。
「唉！我愛你們，曾為你們戰鬥，
現在你們到了通往黑暗的關頭，
我卻不能再陪你們往前走——
你可曾聽說有哪頭大獵犬
會與妖狼結伴為友
並肩走向安格班那獰笑的大門口？

但是我的心告訴我，你們在大門前
遇到的，將是我必須親自
面對的命運，雖然我的腳步
永遠不會帶我去往那道入口。
希望黯淡，我的雙眼迷茫，
我看不清未來的動向；
但也許超出全部希望
你們的道路還會返回多瑞亞斯，
也許我們三個的旅途將在那裡交會，
我們將再見面，在一切結束之前。」

聽到他低沉清晰的有力話語，
貝露二人佇立，深感驚奇；
然後他忽然飛奔出了他倆的視野
就在夜幕開始降臨之際。

他們接納了他大膽的建議，
暫時藏起優美的形體；

難抑戰慄，準備給自己換上
妖狼皮囊，蝙蝠雙翼。
露西恩施展精靈法術，
以免邪惡汙穢的外皮
挾持他們的心靈陷入可怕的瘋狂。
她又以精靈技藝編織出
一道堅固的防禦，一種聯結的效力
吟誦直到子夜來臨。

貝倫很快換上狼皮，
趴在地上張嘴垂涎，
饑腸轆轆，舌頭血紅；但是
他的眼中含著痛苦與渴求，
當他看見一隻爬行的蝙蝠跪起
拖曳著皺皮的雙翅嘎吱作響，
他不禁露出驚恐的眼神。
月下他一聲長嗥四足著地
在岩石上敏捷跳躍

下了山嶺奔上荒原——他並非獨自一人：
一個黑色影子從山坡飄下，
在他頭上滑翔，盤旋飛掠。

飄忽的冷風吹掠而過，
灰燼、塵土與乾渴的沙丘
不停遊移歎息，荒涼、乾旱、空無
在月光下奄奄一息；
皸裂的岩石，嗆人的沙土，
碎裂的枯骨，那地除此別無他物，
一個屬於地獄的身影，
毛沾塵沙，長舌吐露，正在此處穿行。
當無精打采的白日緩緩來臨
前方還有焦渴的漫漫長路；
當令人冷顫的夜晚再次蔓延
前方還有窒息的漫漫長途，
一路伴隨著可疑的魅影與陰慘的鬼哭
在沙山土丘之間嘶聲呶呶。

在煙塵與臭氣中掙扎迎來第二個早晨，
一個步履蹣跚的狼形身影，
虛弱盲目，搖搖晃晃，
終於來到北方的山腳；
在它背上縮著一隻生物，
收起翅膀，閉眼不看白晝。

在這條消沉沮喪的道路兩旁
聳立著岩石如銳齒森森
又像鋒芒畢露的攫人利爪，
一路遠遠通往那座黑暗高峰
山腹之內的居所，那裡有
可怖的隧道與陰森的大門。
他倆潛伏在一片陰沉暗影裡
心情沉重地瑟縮伏低。
他們在通路旁躲藏了很久，
難抑顫抖，夢見多瑞亞斯，
夢見歡笑與音樂，清潔的空氣，

夢見鳥兒在翩翩葉間悅耳歌唱。
他倆醒來，感覺到顫動的聲響，
那是來自地底深處敲打的回音
在他們身下搖震，那巨響來自
魔苟斯的鍛造坊；驚怕的他們
聽見堅硬的腳爪，裹在鐵鞋中
在這條路上踐踏：
那是奧克出動劫掠興戰
炎魔統領率軍前進。

他倆不再停留，在傍晚時分
濃雲陰影之下，動身出發：
扮成黑暗的生物，為著黑暗的差使
匆匆把漫長的山坡攀爬。
陡峭的山崖連綿在側，
食腐的鷲鳥聒噪棲落；
黑暗的裂隙散發濃煙，
蠕動的蛇怪在地縫裡繁衍；

那龐大無匹的昏暗陰影，
沉重猶如高懸在頭頂的厄運，
就像山峰根基的雷霆
重壓在桑戈洛錐姆山腳，
他們終於來到最後一塊平地，
儼然一處陰暗的廣庭：
四周高大的塔樓如牆，
堡壘相連在森嚴的峭壁。
露天的平地彷彿無底深淵，橫在
包格力爾廣不可測的大殿
那高絕的最後一堵牆前，
而在峰底，魔苟斯的大門高聳，
投下恐怖的巨影靜等。

*

多年以前，在彼處的遮天陰影裡
芬國昐昂然而立

他手持的盾牌底色天藍，
嵌有水晶亮星白光耀遠。
他滿腔盛怒與憤恨
不顧一切，擂響那道大門。
諾姆族的王，孤身挺立，
吹響白銀號角綠帶為飾
號聲清越卻勢孤力單
終不敵岩石堡壘連綿不斷。
無畏的芬國昐高聲吶喊出
絕望的挑戰：「現身吧！
黑暗魔君，敞開這不祥的黃銅大門！
現身吧！天地憎惡的東西！
現身吧！形容可怖的懦夫！
枷鎖驅役的奴主，
高牆紮寨的暴君，
諸神與精靈的仇敵，
快親自應戰，休想假手旁人！
我在此等你。快！出來現身！」

魔苟斯出來了。那是最後一次
在往昔歷次大戰裡，他膽敢離開
深藏地底的陰森王庭。
他腳步過處
地底搖撼，傳來隆隆悶響。
身披黑甲，頭戴鐵冠，
他高聳如塔；漆黑的巨盾
不見任何紋章裝點
投下陰影如一片雷雲
籠罩了閃耀的精靈王，
巨大的地獄之錘
格龍得他高高掄起，
砸向大地。但聞鏗鏘一響
彷彿暴雷一記，落處
岩石粉碎，煙塵驟起，
深坑顯現，火焰沖天。

芬國昐彷彿烏雲下
一束流光，一道白刃，
他一躍避過，拔出寶劍凜吉爾
霜藍宛若寒冰閃耀，
冷徹骨髓的劍鋒刺穿血肉
乃是精靈巧藝鍛造。
足有七次它傷了大敵，
足有七次他痛苦高叫
群山迴響，大地顫抖，
戰慄的安格班大軍也為之動搖。
但後來奧克總是大笑著誇耀
這一場地獄門前的決鬥；
而精靈在此歌以前，只為是役
作過一曲——當他們含悲
壘起高高的墳塚
安葬這位英勇的精靈王，
當天空的鷹王梭隆多
把不幸的消息帶往悲悼的精靈之地。

足有三次芬國盼的雙膝
遭受重擊，足有三次
他堅持躍起，烏雲下
閃耀亮星不墜，傲然兀立，
他的盾牌已損，他的頭盔已裂
但黑暗與蠻力，都無法將他壓伏
直到周圍遍地坑洞，碎石狼藉。
他筋疲力盡了。
他腳步踉蹌，絆倒在地。
一隻巨足彷彿
生了根的山巒，踏在他頸間，
他終被擊敗——卻未被征服；
他奮力揮出了最後一擊。
凜吉爾的蒼白劍鋒切入
那隻巨足的腳踵，黑血噴湧而出
彷彿濃煙蒸騰的泉水流溢。
那奮力一砍，讓魔苟斯從此
永遠跛行；但他殺害了精靈王，

打算剁碎了他的遺體丟給
饑餓的群狼。但是看哪！
在穹蒼下那座無法攀登的峰頂，
曼威曾為了監視魔苟斯
命梭隆多建築高處的王座，此刻
眾鷹之王俯衝而下，猛然低頭
金色尖喙狠狠啄在
壓迫者包格力爾的臉上，
他展開三十噚的寬廣羽翼
高飛帶走了精靈王的偉大遺體，
留下眾敵徒然叫囂。
他將偉大的亡者帶去了
遙遠的南方，
後來那戒備森嚴的城邦
剛多林，就坐落在
群山環抱的平原上，
雪峰高峻，堆石為記，
偉大的亡者就在彼處山巔安葬。

此後無論奧克與惡魔
都不敢攀越這道隘口，因為
芬國盼的神聖墓丘在高處守望，
直到剛多林迎來註定的覆滅消亡。

從此包格力爾多了一道疤
他那陰暗的面孔破了相，
從此他只能跛足而行，
但他躲在陰森的地底為王
統治疆域變本加厲。
岩石大殿裡他踱步如雷，
慢慢把龐大的陰謀實施
要將整個世界納入自己的奴役。
他指揮大軍，帶來苦難，
如今他折磨奴隸與敵人毫不手軟；
他三倍增設了崗哨與衛兵，
他派出眼線從西到東，
北方全境的訊息源源而至，

誰在反抗，誰已身死；誰公然出征，
誰暗中謀逆，誰把財寶積聚；
少女是否美麗，君主是否傲氣；
幾乎萬事他都通曉，
幾乎所有心靈都被邪術纏繞。
惟有多瑞亞斯，美麗安編織的屏障
抵擋了襲擊侵擾；彼處的動向
只有一些模糊的傳聞
送到魔苟斯座前。
他其他的敵人仍在威脅發動戰爭：
費艾諾七子，納國斯隆德，
在希斯路姆的黯影中
森林裡，山腳下
芬鞏還在把軍隊召集。
這些舉措的傳言與情報
準確無誤，不分遠近
每天都送到他的手裡。
他威勢壯大，卻日漸恐懼；

貝倫的名望他聽在耳裡
不勝煩惱；順著森林中的小徑
猶聞偉大的胡安蓄勢狺狺。

然後傳來的消息
奇怪至極，露西恩居然
流浪野外，徜徉森林與溪谷，
魔苟斯久久揣度辛葛的用意，
心中生疑，又惦記著那位少女
弱質纖纖，脫俗美麗。
他派出奧克隊長波爾多格
大舉興兵出征多瑞亞斯；
但邊界上戰鬥突如其來，無人生還
回報波爾多格大軍的厄運，
辛葛讓魔苟斯無法耀武揚威。
緊接著始料未及的消息傳來，
疑慮與怒火燒灼著魔君內心：
夙巫一敗塗地，堅固的島上堡壘

震毀一空，他的敵人以詭計
制服了詭計；他害怕奸細
以至於每個奧克在他眼中
都有一半嫌疑。順著森林中的
小徑，依然傳來胡安的聲名，
他蓄勢狺狺，驍勇善戰的獵犬，
曾經與諸神在維林諾馳騁。

於是魔苟斯琢磨起
胡安那傳說已久的命運，在黑暗中精心定計。
他豢養成群的兇猛餓狼
外披狼形，血肉之軀，
內裡卻是可怖的惡魔靈體；
山間洞穴不斷傳來野蠻的聲音
在那裡牠們棲息遊蕩
激起無盡的咆哮迴響。
魔苟斯從群狼中選出一隻崽子
親手餵養，食料是血肉，

來自最美的人類與精靈屍體，
狼崽長得巨大，巢穴
已容納不下，只能在
魔苟斯的王座腳邊起臥狼顧
他不容炎魔、奧克，乃至任何
野獸碰觸。他在那可怕的王座下
享用了諸多慘酷的大餐
吞噬血肉，嚼咬骨頭。
強大的魔法施加在他身上，
那是痛苦與地獄的力量；
自古降臨為禍的所有野獸
蟄伏在森林或洞窟
遊蕩在人世或地獄
皆不及他強壯恐怖，
他雙眼火紅，巨吻如烈焰，
呼吸猶如蒸氣噴出墓穴，
勝過了所有親族同類，
肇格路因的可憎血脈。

卡哈洛斯，紅色咽喉，
這個稱呼來自精靈歌謠。
饑餓貪婪的禍患，他還不曾走出
安格班的大門。他在那裡不眠等候；
巨大的門戶陰森矗立
赤紅的眼睛在幽暗中悶燒，
他利齒畢露，顎吻闊大；
無論走動，爬行，悄悄滑掠
還是恃力猛衝，都不能闖過他的威脅
進入魔苟斯那龐大的地穴。

快看！在他警覺的眼前
他遠遠發現一個鬼鬼祟祟的身影
爬上那片陰森的平地
先是駐足觀望，再舉步偷偷走近，
它像一隻消瘦的狼形
風塵僕僕，咧著大嘴；

在它頭上飛舞著一團陰影
蝙蝠形的怪物緩緩鼓動雙翅。
這裡常有這類生物出沒，
此地本來就是它們的老窩；
但是他充滿莫名的不安，
突然有種不祥的預感。

「多麼難扛的恐怖，猙獰的守衛
魔苟斯設在這裡等待，把守住大門
阻擋一切潛入的腳步！
我們長途跋涉，到頭來卻親眼見到
在我們與我們的目標之間
橫著那張死亡的巨口！但希望
我們本來就不曾有。現在不能退後！」
貝倫這麼說，當偽裝成妖狼的他
半路停下遠望
看見臥在那裡的駭人景象。
然後他不顧一切繼續前行，

繞過地上諸多漆黑的巨坑，
就在這裡，地獄的大門前
當年精靈王芬國昐孤身犧牲。

改頭換面的二人孤零零站在門前，
卡哈洛斯盯住他們
大起疑心，咆哮開言，
回聲震盪在拱頂之間：
「肇格路因，我族之首，問候汝安！
很久你不曾來此，沒錯，
此時再見你真是怪不可言：
大人，你變了太多，
過去你危險大膽，敏捷如火，
奔馳在原野荒地，可現在
卻因為疲憊而弓腰駝背！
胡安的利齒如死神一般
撕裂了你的咽喉，要尋回
掙扎求生的氣息想必很難？

是什麼罕見的運氣
把你活著帶回這裡——
如果你真是肇格路因？過來！
我要問個清楚，把你看得真切！」

「餓癟了肚子，新得勢的崽子，你又是誰？
你該為我效勞，怎敢擋我的道？
盤踞森林的夙巫有新的消息
派我匆匆趕來向魔苟斯報告。
滾開！我要進去，不然
你就快點下去，把我的駕臨通報！」

卡哈洛斯緩緩起身，
陰冷雙眼邪惡閃現，
他心中不快，高聲長嗥：
「你真是肇格路因也罷，進來好了！
但縮在你身邊那個
鬼鬼祟祟的，是什麼東西？

長翅膀的貨色無數
在這裡來來去去，個個我都認識，
惟獨不熟這一隻。站住，吸血畜生，
站住，我不喜歡你們，也不喜歡你！
過來，說說你這長了翅膀的鼠輩
奉了什麼偷偷摸摸的差使，來見大王！
你站住也好，進去也罷，我不懷疑：
我要是咬掉你的翅膀讓你爬地，
或把你當成蒼蠅拍扁在牆，
都是小事一樁！」

他龐大的身影緩緩逼近，臭氣熏人。
貝倫眼中燃起火光閃耀，
後頸上的毛髮炸起。
維林諾的永恆春日，
綠茵中細雨銀輝晶瑩
不凋的鮮花氣息芬芳，
沒有什麼掩蓋得住。

緹努維爾所過之處
這種香氣如影隨形。
邪惡打磨的臭氣令人作嘔
反襯甜美愈發突兀分明，
黑暗的魔法偽裝可以欺騙雙眼
卻瞞不過懷疑的鼻孔嗅探。
此事貝倫深知，
因此在地獄的邊緣，
他準備戰鬥赴死。
假扮的肇格路因，與卡哈洛斯
兩隻可怕的妖狼
彼此憎惡，蓄勢怒目而視，
可是快看！奇景突然出現：
某種力量，傳承自古老的年代，
源自西方彼岸神聖的族類，
突然占據了緹努維爾
如同體內高熾的火焰。黑暗蝙蝠的外皮
被她甩在一邊，她挺身而出

彷彿雲雀劃過黑夜，高飛迎接黎明，
如銀的清越嗓音穿透心房，
猶如銳利激昂的號聲悠長，
在破曉的清冷徑間回蕩，無影無形，
勢不可擋。她舉步上前，
素手織就的披風，猶如輕煙，
又像迷惑一切，吸引一切，籠罩一切的薄暮，
她雙臂高舉，披風滑落，
如一片黑影，一陣睡夢的迷霧
點綴著閃爍的星光，
把那雙可怕的眼睛掃過。

「睡吧！你這受盡折磨的悲慘奴僕！
誕於悲傷禍患的你，倒下睡吧，
遠離苦惱，仇恨，痛楚刻骨，
遠離貪欲，饑餓，枷鎖束縛，
陷入漆黑、深沉的遺忘，
落入無光的黑洞，睡眠的深井！

且先逃避羅網一個鐘點，
把那可怕的命運暫時忘卻！」

他眼睛失神，四肢鬆弛；
就像奔跑的公牛中了套索
絆住四蹄摔倒在地。
他紋風不動，毫無聲息，
死了一般癱臥在那裡，就像一棵
枝繁葉茂的大橡樹被閃電劈倒在地。

*

迷宮一般的方尖塔
有著眾多地道的墓穴
潛藏著永恆的死亡，恐怖卻比不上
他們走進的黑暗廣大空蕩。
走下駭人的回廊蜿蜒盤旋，
往下直到被奉為神聖的危險黑暗，

往下直到至深的大山根柢，
岩石裡滋生的妖物翻騰騷動，
吞噬著，折磨著，鑽鑿著，碾壓著這裡；
朝著這樣的深淵，他倆孤身前進。
他們看見背後拱門投下的
弧形陰影漸漸模糊退去；
鍛造坊的如雷轟響愈來愈近，
灼人的熱風呼號吹襲
地洞裡沖上熏人的蒸氣。
巨大的石像彷彿龐然山妖
以炸開的山岩雕鑿
粗劣模仿活物的外形，
虎視眈眈，醜怪猙獰，
安放在每一處轉角赫然聳立
監視的目光飄忽不定。
在那裡錘聲鏗鏘，呼喝紛雜
音節彷彿岩擊石撞；從深深地底
遠遠傳來微弱哭號，

受苦俘虜的悲聲時起
卻淹沒進環環鐵鍊叮噹。

突然響起喧鬧嘶啞的笑聲，
笑裡厭憎自身卻又毫無反省；
轉眼又傳來刺耳野蠻的歌聲
彷彿恐怖的刀劍刺穿了靈魂。
洞開的門裡，透出刺眼的紅
那是黃銅地板反射的火光，
焚煙繚繞，蒸氣籠罩
不時有明滅的火星閃爍點綴其中，
嫋嫋爬上高聳的圓拱
直到不可測度的幽暗，高處的穹頂。
煙火熏得貝露二人雙眼迷茫，
他們誤打誤撞，
來到了魔苟斯的大廳。
這裡魔君擺開可怖的宴席
縱飲獸血，大啖人命。

大廳中聳立著奇形怪狀的支柱
撐住沉沉欲墜的地底，
它們彷彿魔鬼雕成的作品，
以噩夢裡才有的手藝造就：
如同參天大樹高聳入雲，
樹幹紮根在絕望的土壤，
果子是毒藥，樹冠是死亡，
枝幹彷彿痛苦扭曲的巨蟒。
柱下排開了魔苟斯的軍隊：
身披黑甲，手持長矛刀劍
鋒刃與盾牌的凸飾映出火光
殷紅好似鮮血流在狼藉戰場。
在一根巨大無匹的圓柱下，
矗立著魔苟斯的王座，
地上掙扎著在劫難逃的瀕死俘虜：
他的戰利品，充當不忍目睹的腳凳。
在他下首坐著可怕的爪牙頭目：
鬃髮如赤焰的炎魔領主，

雙掌血紅，口露鋼牙；
貪得無厭的群狼蹲踞侍下。
但淩駕這一片地獄景象之上
高高閃耀著冰冷的光芒，澄淨純白，
正是命運攸關的寶石，精靈寶鑽，
如今被囚禁在這仇恨的冠冕上。

看！穿過那獰笑的恐怖殿門
忽有一個影子俯衝掠入；
貝倫倒抽一口冷氣——
現在只剩他獨自伏在石地上。
那個蝙蝠模樣的影子，
穿梭於火煙與蒸騰的水汽
無聲無息，飛舞在巨柱枝幹之間。
猶如在黑暗的夢境邊緣
難以捉摸的模糊陰影滋長
化成了不安的碩大烏雲，
無名的不祥焦慮，如厄運

碾壓著靈魂，竟使一片陰鬱中
喧鬧漸漸低落，哄笑漸漸消失
終至沉默，面面相覷。
他們陰森的老巢洞穴
竟潛進了無可名狀的懷疑與恐懼，
他們在宏大威懾下畏縮，
在心底聽見那遺忘已久的
諸神號角響亮。
魔苟斯說話了，如雷聲滾滾打破了沉默：
「下來，陰影！別以為瞞得過
我的眼睛！休想縮離你主君的目光，
躲藏更是妄想！
我的意願無人能夠違抗。
不速之客闖入我的大門，
等著他們的既無退路，也無希望！
下來！否則怒火就將撕碎你的翅膀，
你這脆弱的蠢貨！空有蝙蝠外皮，
卻無蝙蝠內裡！下來，過來見我！」

在他的鐵王冠上空，小小的黑影
顫抖著，緩緩盤旋，
貝倫目睹它遲疑著飄落，
在那令人毛骨悚然的王座前，
孱弱戰慄，獨自匍匐瑟縮。
當強大的魔苟斯向它投來
黑暗的視線，貝倫不禁打抖，
一身狼皮冷汗流遍，
他肚皮貼地，悄悄爬走
躲進王座下的暗處，
躲在那雙巨腳的陰影後。
一個單薄的尖聲，穿破了
沉重的寂靜，緹努維爾開口回應：
「小的奉的是正經差使；
來自夙巫黑暗的城堡，
穿過陶爾—那—浮陰的翳影
到您偉大的王座前報告！」

「報上名來，尖嗓門的畜生，報上名來！
就在不久之前，夙巫已經送來了不少消息。
他現在又打什麼主意？
他為什麼派來你這麼一個信使？」
「小的名叫夙林格威希爾，
在那註定敗落的大地，正是我
投下影子遮住了焦黃月亮的醜臉，
在那戰戰兢兢的貝烈里安德！」
「胡說！休想
在我眼前裝神弄鬼。
給我脫下偽裝的外皮，
現出原形，乖乖就範在我手裡！」
變化緩緩發生，令人不寒而慄：
黑暗古怪的蝙蝠外形

鬆弛開來，慢慢縮皺
落在地上抽搐。她現出原身，立於地獄當中。
烏雲長髮垂擁著她纖秀的雙肩，
深色衣裙圍裹住她苗條的身形，
魔法面紗捕捉了
點點星光閃爍晶瑩。
遙遠的夢境，酣沉的睡意
輕柔降臨這深暗的地洞，
一抹芬芳悄然飄離
長自精靈溪谷的精靈花朵，在那裡
黃昏的微風裡輕輕灑落銀色細雨；
饑餓可怖的黑暗醜怪爬來將她團團包圍，
貪婪地把她注視，把她嗅聞。
她垂下頭，高舉雙臂
開始輕聲吟唱
起伏跌宕，唱一曲睡眠與休息，
深奧，玄妙，靜寂，編織進
比美麗安過去在古老的林谷裡

薄暮微明時分唱起的歌曲
還要高深的咒語。

安格班的火焰搖曳，微弱，
悶燒的餘燼逐漸熄滅；
廣大空洞的廳堂，徐徐鋪開了
地底世界的黑影。
動作停滯，聲響消失，
只餘奧克與惡獸蒸騰的呼吸。
黑暗中仍燃著一種火焰：
大睜的正是魔苟斯發亮的雙眼；
一個聲音打破了呼吸的靜寂：
開口的正是魔苟斯森冷的話音。

「露西恩，原來妳就是露西恩，
跟所有精靈和人類一樣滿口謊言！
不過，歡迎！歡迎妳來到我的殿堂！
每個奴隸我都能派上用場。

辛葛活像一隻膽小的野鼠
怯懦地躲在地洞裡，他又有什麼消息？
連自己的崽子如此盲目亂闖
也約束不住，他腦袋裡能有什麼
新鮮的點子？還是，
他為自己的奸細也想不出更好的詭計？」

她晃了一晃，可是歌聲不停。
「這條路，」她說，「漫長又荒涼
但辛葛並未遣我前來，他也不知道
自己叛逆的女兒走向何方。
不過每條大路，每條小徑
最終都通往北方，我戰戰兢兢，
低眉順眼，有求而來，
在您的座前，我躬身為禮；
露西恩熟習諸多才藝
能把帝王的心溫柔慰藉。」

「那麼妳在此還將有求於我，
露西恩，無論歡欣還是痛苦——
痛苦呵，人人都適合的結局，
無論逆賊，小偷，還是自以為是的奴隸。
要不要讓妳共用我們命中註定的
憂患與勞苦？我該不該讓妳
纖細的手足，脆弱的軀殼
免遭摧折拷問的折磨？妳以為
妳那含糊的歌曲，愚蠢的笑聲
在這裡有什麼用？高明強勁的歌手
我隨叫隨到。不過對妳，
美麗純潔的露西恩，
我會暫緩處置，給妳片刻喘息，
短短的片刻，不過代價高昂，
要妳把打發時間的漂亮玩具充當。
懶散的花園裡有很多
如妳一般甜蜜的花朵，多情的諸神
摘來親吻，再將受盡蹂躪

不再芬芳的花瓣抛在腳底。
不過這裡我們長年辛勞，
禁絕諸神一樣的無所事事，
因而鮮少見到這樣的甜美調劑。
誰不願一嘗送到嘴邊的香甜花蜜？
誰不想把纖軟清涼的潔白花瓣
踩在腳底，像諸神那樣
拖拖拉拉，悠閒度日？
啊！詛咒那些神明！這不堪忍受的饑餓啊，
這令人盲目的焦渴之火永無止境！
我這就嘗它一口，止息片刻的饑渴，
暫時消解了刺痛！」

他眼中火光高熾，化成熊熊烈焰，
他往前探出一隻黃銅覆護的大手。
露西恩好似幽影，閃躲一旁。
「大王啊，請別這樣！」她喊道，
「偉大的君王必定傾聽卑微的求懇！

每位歌手都有自己的曲調；
有些強勁，有些輕柔，
每一位都能讓歌聲繞梁嫋嫋，
每一位都值得稍加聆聽，
哪怕歌詞無味，音調簡陋。
但露西恩有精湛的才藝
能把帝王的心溫柔慰藉。
現在，請聽！」她挽起如翼的衣裙
接著靈巧起身，猶如心念電轉
她滑出他的掌握，然後輕巧迴旋，
在他眼前翩躚，
空中她將錯綜複雜的舞步輾轉，
繞著他戴著鐵王冠的頭顱飛旋。
突然她重新開始歌唱
嗓音飽含魔力，令人心生迷惘，
彷彿露珠從大廳穹頂的高處
輕柔滴落，彙集成一條條
銀光閃閃的潺潺小溪

白水注入夢鄉中的幽暗水塘。

她在黑暗的空曠中漫遊急轉
讓自己飄舞的衣袍拂動飛掠，
袍中密密編織著睡眠的魔咒。
她在四壁間來去、迴旋，
如此曼妙舞姿，此前無論精靈還是神靈
都不曾編織，日後也再不復見；
比燕子還要敏捷，比黃昏微光裡
圍著幽暗屋宅翻飛的
小蝙蝠還要輕柔，
奇妙脫俗勝過空氣中的小仙子
她們在瓦爾妲天上的宮殿裡
小小的翅膀合著韻律拍動。
奧克與自大的炎魔東倒西歪；
個個眼睛緊閉，大頭低垂；
心中與嘴裡的饑渴之火已熄，
沒有一絲光明的荒涼世界

沉浸在魔力帶來的忘我迷醉，
她就像一隻小鳥在上空啁啾高飛。
所有的眼睛合穩，只有魔苟斯
低垂的眉頭下，兇惡的目光環視
驚奇訝異中緩緩失神，
慢慢被魔法束縛入迷。
他眼中意志動搖，火光漸熄，
隨著他眉頭下的雙眼黯淡，
精靈寶鑽彷彿
長久埋沒在地底濃煙中的明星
驟然升起，重燃光明，
如在穹蒼的礦井中閃耀，奇妙晶瑩。

然後三顆閃亮的寶鑽突然墜落，
下降，下降，落在了地獄的地上。
碩大的黑暗頭顱低垂；
雙肩沉垮，猶如山頭被雲朵籠罩，
龐大的身軀傾頹

好似一片廣大的懸崖
在風暴中崩塌滑墜；
魔苟斯趴倒在自己的大殿裡。
一陣滾動鏗鏘如雷，
他的王冠跌落在地；
然後一片死寂，鴉雀無聲
彷彿大地的心臟也陷入了沉睡。

巨大的王座空空如也
座下靜躺的毒蛇就像扭曲的岩石，
群狼猶如醜惡的屍首癱臥滿地；
貝倫躺在那裡也深陷暈迷：
無思，無夢，也無盲目的幽影
將他混沌一片的神智擾動。
「起來，快起來！喪鐘已經敲響，
安格班的強大君王倒地不起！
醒醒，快醒醒！只有你我
要在這可怕的王座前會合。」

這個聲音傳進貝倫躲藏的深處
他正沉迷於睡眠之井；
一隻手如花瓣般柔軟，
如花瓣般清涼，拂過他的臉，
驚動了酣眠的死水一潭。他的神智
陡然清醒；他往外爬了出去。
妖狼的毛皮甩在一邊
他挺身站起，睜大了眼睛
審視無聲無息的昏暗，
他猛抽了口氣，就像被鎖進墳墓裡的活人。
他感覺露西恩偎向自己身邊，
顫抖著逐漸暈去，
她耗盡了魔法與氣力，
他趕緊將她攬在懷裡。

他驚奇地看見
費艾諾的寶石在他腳前熠熠生輝
象徵魔苟斯威勢的鐵王冠已跌落，

寶石在其上燃燒著白色光焰。
他用盡全身力量
也無法移動那巨大的鐵盔，
他滿腔驚駭，又伸手拚力去擰轉
這趟無望遠征的獎賞，
直到他心中忽然想起
他與庫茹芬搏鬥的那個
寒冷早晨；於是他從腰間
抽出那柄無鞘的長刀，
跪在地上，且一試這堅硬冰冷的白刃，
多年前在諾格羅得城裡
打造刀盔的矮人伴著
錘打聲聲，把歌曲慢慢吟哦。
此刀截鐵猶如軟木，
斬斷環甲彷彿羊毛。
王冠上攫緊寶石的鐵爪
被它一刀吃進削斷；
他將一顆寶鑽緊握手中，

純白光芒慢慢充盈湧動
透過攥緊的血肉映出赤紅。
費艾諾往昔造就的神聖寶石共有三顆，
他又彎身想要再試
把另一顆解脫。
但是這燃燒的光焰自有命運
還不得離開這仇恨的宮殿。
狡詐多智的諾格羅德工匠
以矮人精鋼打造的精巧長刀
猛然斷折兩截；清脆回聲
錚然作響，彷彿一柄長槍，
又似失鵠的亂箭，斷刃迸出，
劃過魔苟斯沉睡中的眉頭，
他倆頓時嚇得六神無主。
魔苟斯模糊咕噥，彷彿困在
空虛洞窟裡的風聲呻吟。
接著傳來一聲呼吸；大殿中
響起一片抽噎，奧克與惡獸

輾轉在駭人大餐的美夢裡；
炎魔在不安的沉睡中反側，
上方遠遠傳來微弱的回音
在條條隧道裡迴響
那是狼的嗥叫，既冷且長。

*

彷彿鬼魂來自地道眾多的墓穴
他倆又把充滿回音的濃黑昏暗穿越，
離開至深的大山根柢
離開地底的龐大威脅，
極度的恐懼讓他倆渾身發抖，
眼中有驚駭，耳中有擔憂，
他倆攜手奔逃，腳步飛快
聲聲敲打出驚恐的節奏。
終於他們遙遙望見

白晝的天光隱隱出現，
大門高聳的拱道赫然在前——
那裡卻等著一個威脅。
1950
就在門檻上，可怕，警覺，
雙眼重新燃起晦暗的火焰，
高大的卡哈洛斯，靜候的厄運：
他的巨吻豁口，彷彿墳墓，
他的銳齒齜張，長舌如火；
1955
他已甦醒把守，不准任何人潛入，
而飄忽的形跡，被追捕的影子，
也休想把安格班逃離。
現在又有什麼智計或強力能奮起一搏
闖過這個守衛，脫離死亡進入光明？
1960

他遠遠就聽見了他倆匆忙的腳步，
他嗅出了陌生而甜蜜的氣息；
他倆還沒望見等在門口的威脅
他早已聞見他倆來臨。

他伸展全身甩脫睡意，
然後站穩凝視。當他倆飛奔接近
他驟然一躍直撲上前，
他的咆哮在拱道裡聲聲迴旋。
他的襲擊猝不及防，
所有魔咒都來不及抵擋；
孤注一擲的貝倫把露西恩
推在一旁，挺身而上，
他身無寸甲，手無寸鐵，
誓將緹努維爾保護到最終。
他左手攥住毛皮下的咽喉，
他右拳猛擊惡狼的眼睛——
神聖的精靈寶鑽光芒充盈湧動
就在他緊握的右手掌中。
卡哈洛斯的獠牙閃耀著
火淬白刃的刀光，好似
捕獸的陷阱猛然咬合，
那隻右手齊腕而斷

筋骨在他口中柔脆不堪，
他將凡人血肉狼吞虎嚥；
那張汙穢殘酷的嘴
吞沒了寶鑽神聖的光輝。

有一頁零散的手稿給出了還在斟酌創作中的五行：

貝倫腳下蹣跚，倚在牆上
卻依然想用左手衛護
美麗的露西恩，她眼見他受苦
不禁失聲驚叫，急痛中她屈身
往地上慢慢滑倒。

一九三一年末，《蕾希安之歌》遭到放棄，貝倫與露西恩的傳說停在這裡，但家父此時已經大致完成了「敘事結構」的最終形式，正如出版的《精靈寶鑽》中發表的文本。儘管他在完成《魔戒》的創作之後，對從一九三一年開始擱置的《蕾希安之歌》進行了大規模的修訂（見附錄，第三〇九頁），但可以肯定，他從未擴展詩歌版本的故事，只有寫在一頁零散手稿上的段落，題為「詩歌末尾的片斷」。

森林裡小溪靜靜流過，
高高的林木默默矗立
紋絲不動，樹蔭濃密
斑駁的影子映在樹皮
樹下是河水晶瑩翠綠。
忽然一陣顫動傳遍葉梢，
風聲呢喃擾動涼爽的靜寂；
山坡下傳來回音，
冰冷如同死亡，
輕淺猶如沉睡者的呼吸：
「漫長的道路，以暗影鋪就
從未有誰的足跡踏上，
翻過山嶺，越過海洋！
在遠方，遠方有大片安逸之地，
但失落之境尚需更往前航，
亡者在那裡靜待，你們卻已把它遺忘。
那裡沒有月光，沒有語音，沒有

心跳的聲響；惟有深幽的歎息
每個紀元只聞一度
歎息一個紀元的消亡。在遠方，遠方坐落著
等待的國度，亡者在那裡靜坐
沉湎於思緒的幽影，沒有月光照亮。」

精靈寶鑽征戰史

接下來數年，家父轉去寫作一個新的散文式的遠古歷史，成果是一份題為《精靈寶鑽征戰史》的手稿，我將它簡稱為《寶鑽史》。在這份手稿與其前身《諾多族的歷史》（見第九七頁）之間想必曾有過渡文本，但現在已無跡可循。不過，從貝倫和露西恩的故事融入「精靈寶鑽」歷史的節點起，有好幾份只起了個頭的草稿，因為家父很久都拿不定主意要把這個傳奇寫成長一點還是短一點的版本。一個從長度來看比較完整的版本在遭到放棄時，寫到費拉貢德王在納國斯隆德將王冠傳給了他弟弟歐洛德瑞斯（參見《諾多族的歷史》選段，第一〇三頁），為討論方便，姑且稱之為《寶鑽史一稿》。

繼《寶鑽史一稿》之後，有一份涵蓋整個故事但非常粗略的草稿，它是《寶鑽史二稿》——第二個版本，也是「短」版本——的基礎，與《寶鑽史一稿》留存在同一份手稿中。我正是以這兩個版本為主要依據，編成了已出版的《精靈寶鑽》中講述的貝倫與露西恩的故事。

到一九三七年，《寶鑽史二稿》仍在寫作過程中，但那一年出現了與遠古時代的歷史毫不相干的考慮因素。那年九月二十一日，艾倫與昂溫出版社出版了《哈比人》，立即大獲成功，而這給家父帶來了巨大的壓力，得再寫一本有關哈比人的書。十月的時候，他給艾倫與昂溫出版社的董事長斯坦利·昂溫寫了一封信，說他「有點忐忑不安。關於哈比人，我想不出還有什麼要說的。巴金斯先生似乎已經把圖克家和巴金斯家兩邊的天性都展現得淋漓盡致了。不過，關於哈比人闖入的那個世界，我要說的卻著實不少，並且已經寫下了很多。」他說，他想聽聽別人怎麼評價這些以「哈比人闖入的那個世界」為主題的故事，然後他整理出一批手稿，在一九三七年十一月十五日寄給了斯坦利·昂溫。這批寄出的手稿當中就有《寶鑽史二稿》，當時已經寫到貝倫將那顆從魔苟斯的王冠上挖下來的精靈寶鑽握在手中那一刻。

很久之後我才得知，艾倫與昂溫出版社列出的家父投遞手稿所列出的清單不僅包括《哈莫農夫賈爾斯》、《幸福先生》和《失落之路》，還包括另外兩組手稿，它們被冠以《長詩》和《諾姆族資料》這樣本身就帶有不知所措意味的標題。這批不受歡迎的手稿顯然未經恰當的說明，就落到了艾倫與昂溫出版社的辦公桌上。我在《貝烈里安德的歌謠》（《中洲歷史》第三卷，一九八五年出版）的附錄中已經詳細介紹了這批投遞手稿的怪異經歷[1]，簡而言之，《精靈寶鑽征戰史》（連同其他所有可能以此為題的文稿一起，被歸在《諾姆族資料》

裡）從來就沒有送到出版社的審稿人手上，送去的只有單獨附在《蕾希安之歌》之後的零星幾頁，在當時的情況下非常容易引人誤解。審稿人因而一頭霧水，他對《長詩》和這一（得到了審稿人大力首肯的）散文作品（即《精靈寶鑽征戰史》）片斷之間的關係，提出了一種解釋，而他的解釋大錯特錯（絕對情有可原）。他寫了一份雲遮霧罩的報告表達他的看法，一名出版社的員工看了之後批道：「我們該怎麼辦？」——同樣情有可原。

後續一連串誤解的結果，就是當家父告訴斯坦利．昂溫他很高興《精靈寶鑽征戰史》至少沒被「不屑一顧」地否決的時候，他完全不知道其實沒人讀過《精靈寶鑽征戰史》，以致他還說，他如今真心希望：「能夠、或能負擔得了出版《精靈寶鑽》的出版！」

《寶鑽史二稿》寄出以後，他在下一份手稿中把故事接著寫了下去，在《獵捕巨狼卡哈洛斯》中講述了貝倫之死，打算等文稿被寄回來之後，就把新的文稿謄入《寶鑽史二稿》。但一九三七年十二月十六日，文稿被寄回來的時候，他擱置了《精靈寶鑽》。他在同一天寫給斯坦利．昂溫的信裡依舊在問：「哈比人還能做什麼？他們可以很滑稽，但他們的滑稽只有放進更要緊的背景裡，才不會流於乏味土氣。」但在三天之後，也就是一九三七年十二月十九日，他向艾倫與昂溫出版社宣布：「我已經寫好了一個有關哈比人的新故事的第一章——『期待已久的宴會』。」

就在這時，正如我在《胡林的子女》一書的附錄中所寫，依照「諾多族的歷史」那種摘

1 譯者注：參見《中洲歷史》第三卷第三六四至三六七頁。

要體寫作的《精靈寶鑽》，其連貫演變的傳統就是在這時，在故事講到圖林離開多瑞亞斯，淪為匪徒的時候，迅速又徹底地畫上了句號。此後數年，後續歷史的進展都原封不動，保持著一九三〇年「諾多族的歷史」那種濃縮、不加詳述的形式，而與此同時，第二紀元和第三紀元的宏大結構隨著《魔戒》的寫作而漸漸成形。但是，那段後續歷史在古老的傳奇中至關重要，因為（取自最初《失落的傳說》的）故事結尾講述了圖林的父親胡林被魔苟斯釋放之後那段悲慘的經歷，並且講述了精靈王國納國斯隆德、多瑞亞斯與剛多林的覆亡。數千年後，吉姆利在墨瑞亞礦坑中吟頌的詩句中提到了這些精靈王國：

萬物鮮麗，群山高峻，
納國斯隆德與剛多林
精靈古國高邁帝王
猶未殞落西海彼方……

那段後續歷史，將會是整部作品的高潮與完結。它將講述長久奮力對抗魔苟斯勢力的諾多族精靈的最終命運，以及胡林和圖林在這段歷史中起了什麼作用，並以《埃雅仁迪爾的傳說》（他逃出了被燒毀的剛多林）作結。

多年以後，家父在一封信（一九六四年七月十六日[2]）中寫道：「我把遠古時期的傳奇故事給了他們，但被他們的審稿人否決了。他們要的是一部續作，而我要的是英雄傳奇和嚴肅的羅曼史。結果就有了《魔戒》。」

＊

當《蕾希安之歌》遭到放棄時，「卡哈洛斯的獠牙好似捕獸的陷阱猛然咬合」，咬斷貝倫那隻緊握著一顆精靈寶鑽的手之後發生了什麼，並沒有明確的描述。要想知道後續情節，我們必須回頭參考最初的《緹努維爾的傳說》（見第六六—六八頁），裡面講了貝倫與露西恩亡命脫逃的經歷，還講到安格班發兵出來追捕他們，而胡安找到了他們，引他們返回多瑞亞斯。家父在《諾多族的歷史》（見第一四三頁）中對此只簡單地說：「此處不再贅述。」

在貝倫與露西恩返回多瑞亞斯的最終版故事中，最值得注意（也是最根本）的改變是貝倫被卡哈洛斯咬傷後，他們從安格班的大門前逃走的方式。《蕾希安之歌》尚未寫到這個事件，但在《精靈寶鑽》裡是這麼描述的：

收復精靈寶鑽的任務眼看就要以毀滅和絕望告終，但在那一刻，山谷峭壁上空出現了三隻巨大的禽鳥，牠們向北飛來，翼翅迅捷猶勝疾風。

2 譯者注：參見《托爾金書信集》，信件二五七號。

所有飛禽走獸都在傳說貝倫的流浪和需求，胡安更親自要求萬物留心，以給他提供援助。梭隆多和他的臣屬高高翱翔在魔苟斯的疆域上空，他們看到了發瘋的巨狼和倒下的貝倫，便迅速俯衝而下，彼時安格班的力量剛剛掙脫沉睡的羅網。他們將貝倫和露西恩載離地面，高高飛入雲霄。……

（當他們從高空掠過大地時）露西恩悲泣起來，因為她以為貝倫肯定會死。他雙眼緊閉，不言不語，對後來的旅途一無所知。最後，大鷹在多瑞亞斯邊境將他們放了下來，他們又回到了那個小山谷，當初貝倫就是從這裡懷著絕望悄悄離開了熟睡的露西恩。

大鷹把露西恩放到貝倫身邊，隨即振翅飛回了克瑞賽格林群峰之巔的高高鷹巢。胡安來到她身旁，與她一起照料貝倫，就像過去她為他治好庫茹芬造成的箭傷。可是他這次傷得更重，並且傷口中毒。他臥病許久，他的靈魂遊蕩在死亡的黑暗邊界上，總是感覺有種極度的痛苦從一個夢境到另一個夢境緊追不放。然後，就在她的希望幾乎破滅時，他再度甦醒了。他睜開雙眼，看見樹葉映襯著天空，聽見樹葉下方露西恩．緹努維爾在他身旁輕柔悠緩地歌唱。春天又到了。

從此以後，貝倫得名埃爾哈米恩，意思是「獨手」，他的面容刻下了受苦的痕跡。但露西恩的愛最終把他從鬼門關前拉了回來，他起身與她再度一起徜徉在森林中。

*

貝倫與露西恩的故事從最初的《緹努維爾的傳說》開始，歷經二十餘年的演變，至此已經用散文和詩歌的形式講述。經過最初的猶豫，貝倫從起初的諾多族（譯成英文是「諾姆族」）精靈護林人埃格諾爾的兒子，變成了一位人類族長巴拉希爾的兒子。巴拉希爾領導一群地下義士，反抗魔苟斯可憎的暴虐統治，這個令人難忘的故事（在一九二五年的《蕾希安之歌》當中）通過戈利姆的背叛和巴拉希爾的被害（見第一八二頁及以下）顯現出來。儘管講述那個「失落的傳說」的維安妮並不知道貝倫緣何去了阿塔諾爾，只猜測他僅僅是愛好漫遊（見第三六頁），但貝倫在父親死後，成了遠近馳名的魔苟斯的死敵，被迫逃往南方。在南方，他在微光中透過辛葛治下的森林樹木窺看，拉開了貝倫與緹努維爾的故事的序幕。

尤其值得注意的是，《緹努維爾的傳說》裡講了貝倫在前往安格班尋找精靈寶鑽的過程中遭到貓王泰維多的囚禁，這個故事後來的轉變也同樣值得注意。但是，我在別處也評論過，如果我們說群貓的古堡「就是」索隆在「妖狼之島」托爾—因—皋惑斯上的高塔，那只能是就二者在故事裡占據了同樣的「位置」這一意義而言的。除此之外，在兩個設定之間尋找哪怕一點相似的影子都是徒勞的。怪獸一般的貪吃貓群，牠們的廚房，牠們曬太陽的臺階，還有牠們引人注意的精靈語貓名——米奧吉安、米奧力、美歐伊塔，全都消失得無影無蹤。但除了痛恨狗（與故事中的重要設定——胡安與泰維多彼此厭憎），那群古堡裡的居民很明顯都不是尋常所見的貓，《緹努維爾的傳說》（見第五八頁）裡關於「貓族的祕密與米爾寇託付他〔泰維多〕的魔咒」的段落尤其值得注意：

> 正是這些具有魔力的咒語把他那座邪惡古堡的岩石束縛在一起，並讓所有的貓族都受他支配統治，給他們灌注天性以外的邪惡力量。泰維多是個披著野獸外型的邪惡神靈，這樣的傳言由來已久。

這段還有一點引人注目，就是那種別處也用過的手法——原初故事的特徵與事件可以重現，表現卻截然不同，來自完全改變了的情節構思。在舊的《緹努維爾的傳說》裡，泰維多在胡安的逼迫下吐露了咒語，當緹努維爾說出咒語，「泰維多的古堡也震動起來。堡中出來了一大群住客」（就是一大群的貓）。在《諾多族的歷史》（見第一四〇頁）裡，當胡安在托爾—因—臬惑斯打敗恐怖的妖狼巫師——死靈法師夙巫的時候，他「從他那裡贏得了鑰匙以及將他那施了魔法的圍牆和塔樓緊箍在一起的魔咒。於是，堡壘崩解，塔樓倒塌，地牢暴露，很多俘虜獲得了自由」。

但我們自此要轉去探討，當貝倫與露西恩的故事與納國斯隆德那毫不相干的傳奇結合在一起時故事發生的最主要的轉變。納國斯隆德的建立者費拉貢德曾向貝倫的父親巴拉希爾發誓友誼永固，承諾援助，費拉貢德因而被捲入了貝倫那奪取精靈寶鑽的任務（見第一一四頁，第157行詩句及後續）。納國斯隆德的精靈在故事裡登場，他們偽裝成奧克，被夙巫抓獲，在托爾—因—皐惑斯的陰森地牢裡喪命。而費艾諾一系曾發過毀滅性的誓言，要報復任何「違背他們的意志，持有、奪取或保有一顆精靈寶鑽」的人，因此奪取精靈寶鑽的任務也牽扯進了費艾諾的兩個兒子，在納國斯隆德擁有強大勢力的凱勒鞏和庫茹芬。露西恩被囚禁在納國斯隆德，而胡安將她救出，這使她捲入了凱勒鞏和庫茹芬的野心與陰謀，見第一六一—一六三頁，詩句第245—271行。

故事還有一個方面，也就是它的結尾，我相信它在作者心目中占據了至關重要的地位。在貝倫參與獵殺卡哈洛斯身亡後，提及貝倫與露西恩二人命運的最早文稿就是《緹努維爾的傳說》，不過那時貝倫與露西恩都是精靈。故事裡說（見第七四頁）：

「緹努維爾被悲傷擊垮了。她在世間再也找不到安慰或光明，很快就步他後塵，踏上了所有的人都必須獨自前往的黑暗之路。她是那麼美，那麼溫柔可愛，甚至觸動了曼督斯冰冷的心腸，於是，他容許緹努維爾把貝倫再次帶回世間，此事在人類或精靈當中都是空前絕後……不過，曼督斯對他們二人說：『精靈啊，且看，我放你們歸去面對的，並非完美的快樂生活，那樣的生活在心思邪惡的米爾寇坐鎮的世間，已經不復存在。須知，你們將變得如同人類一樣必有一死，而當你們再次離開此地，將是永遠離開，除非諸神將你們召來維林諾。』」

這段話清楚表明，貝倫與露西恩在中洲還有後續的經歷（「他們後來還立下了非常偉大的功績，被很多故事傳述」），但只提到他們是「死而復生」伊—奎爾沃松，以及「他們成了西里安河北方流域的強大仙靈」。

在《失落的傳說》中的另外一個故事——《維拉的降臨》裡，也有一段關於去往曼督斯（曼督斯既是這位神靈的名字，也是其殿堂的名稱，他的真名是「威」）者的敘述：

在後來的日子裡，無論哪一族的精靈，如果不幸被武器所殺或為被殺者哀傷而死，都前往那裡。埃爾達只能如此死亡，即便死亡也只是一段時間而已。曼督斯在那裡宣布對他們的裁決，他們在那裡的黑暗中等候，夢到過去的種種作為，直到曼督斯指定之時來臨，他們得以再度轉生為兒童，出去繼續歡笑和歌唱。

不妨將這段敘述與第二六六—二六七頁那段無從安置的《蕾希安之歌》詩句進行對比，它提到了「失落之境……亡者在那裡靜待，你們卻已把它遺忘」：

那裡沒有月光，沒有語音，沒有
心跳的聲響；惟有深幽的歎息
每個紀元只聞一度
歎息一個紀元的消亡。在遠方，遠方坐落著

> 等待的國度，亡者在那裡靜坐
> 沉湎於思緒的幽影，沒有月光照亮。

這個「精靈只會死於哀傷或武器造成的傷」的概念存留下來，並出現在出版的《精靈寶鑽》中：

> 因為只要世界不滅，精靈便不死，除非被殺或為悲傷所耗盡（這兩種貌似死亡的命運他們無法避免）。他們也不會被歲月消磨了力量，除非有誰漸漸厭倦了成百上千個世紀的時光。他們死後會聚集在維林諾曼督斯的殿堂中，遲早可以由那裡返回世間。但人類的子孫是真正死亡，離開世界，因此他們被稱為「訪客」或「異鄉人」。死亡是他們的命運，是伊露維塔的禮物，隨著時間流逝，連眾神亦會嫉羨。

在我看來，上面所引用的《緹努維爾的傳說》裡曼督斯的話「你們將變得如同人類一樣必有一死，而當你們再次離開此地，將是永遠離開」，意味著他要根除他們身為精靈的命運：精靈可以死亡，他們身為精靈已經死亡，卻不會重生，而是獲准以他們原本的形態離開曼督斯，這是獨一無二的。儘管如此，他們將付出代價，當他們第二次死亡的時候，將沒有返回的可能，不能「表面上的死亡」，而是人類依照天性必然遭遇的死亡。

稍後，《諾多族的歷史》（見第一四五頁）提到：「露西恩垮了，迅速隱褪，從大地上消失，但有些歌謠說，美麗安召來了梭隆多，他把她活著送去了維林諾。她來到曼督斯的殿堂，向他唱了一首講述動人愛情的歌謠，那首歌如此美好，以至於曼督斯空前地動了憐憫的心腸。」

他召來貝倫，如此一來，露西恩在貝倫臨死前親吻他時發下的誓言應驗了，他們在西邊大海的彼岸得以重逢。曼督斯容許他們離開，但他說，露西恩**將變成凡人，如同她的愛人，將像凡人女子那樣**再度離開大地，她的美將化成僅存於歌謠中的回憶。事就這樣成了，但據說，曼督斯作為補償，賜給了貝倫和露西恩此後一段很長的壽命和歡樂，他們不受凍餒之苦，在貝烈里安德那片美麗的土地上漫遊，從此以後再也沒有凡人曾與貝倫或他的配偶交談。

第二六九頁提到，在為《精靈寶鑽征戰史》準備的貝倫與露西恩的故事草稿中，出現了貝倫與露西恩在曼督斯面前得以「選擇命運」的構想：

他裁定讓貝倫與露西恩做個選擇。從現在起，他們在福佑中住在維林諾，直到世界結束，但最後當萬事萬物改變之時，貝倫與露西恩必須各自走向自己族人已定的命運：而伊露維塔對人類的心意，曼威（維拉之首）並不知曉。或者，他們可以返回中洲，但壽數與歡樂都沒有保障；從此露西恩將如同貝倫一樣，成為必死的凡人，要受第二次死亡的轄制，最後她將永遠離開這個世界，她的美將化成僅存於歌謠中的回憶。他們選擇了第二種命運，就這樣，無論前方等待他們的是何種悲傷，他們的命運都合而為一了，他們的道路合併通向世界的邊界之外。因此，埃爾達中惟有露西恩已真正死亡，很久以前就離開了世界；然而，兩支親族的血脈因她得以融合，她成為許多人的祖先。

這個「選擇命運」的構思得以存留，但形式有所不同，如《精靈寶鑽》中所述：必須做出選擇的只有露西恩，而選擇的內容變了。露西恩因著她的勞苦與悲傷，也因她是美麗安的女兒，她仍然可以離開曼督斯，在維林諾居住到世界終結之日，但貝倫不能去那裡。因此，如果她選擇前者，他們將自此以後永遠分開，因為他無法避免自己的命運，無法避免「死亡」，那是伊露維塔所賜的、不能拒絕的禮物。

第二個選擇與之前相同，而她選擇了它。惟有如此，露西恩才能在「世界之外」與貝倫同在——她必須親自改變自己的本質命運，她必須成為凡人，然後真正死亡。

我曾說過，貝倫與露西恩的故事並非終於曼督斯的裁決，因此必須對這一裁決進行一定的介紹，還要講述裁決的後果影響，以及貝倫從魔苟斯的鐵王冠上挖下來的那顆精靈寶鑽的後續歷史。我為本書選擇的形式很難把這些內容包括進來，主要是因為貝倫在他的第二次生命裡所扮演的角色取決於第一紀元歷史的一些方面，其涉及的範圍太廣，超出了本書的目的。

我曾對那份寫於一九三〇年，脫胎於《神話概要》，但篇幅大大擴充了的《諾多族的歷史》加以評論（見第九七頁），它仍然是「縮寫版本，是扼要的記述」——《諾多族的歷史》的標題就是「取材於《失落的傳說》的諾多族或諾姆族簡史」。我在《精靈寶鑽爭奪戰》（《中洲歷史》第十一卷，一九九四年出版）中是這樣介紹這些「摘要」文稿的：「在這些版本中，家父依據的是（當然，同時在繼續創作、擴展）一份已經以散文或詩歌的形式存在的長文稿，而在《精靈寶鑽征戰史》中，他完善了那種優美、莊重、挽歌一般，並且承載著一種年深日久的失落感的特色基調，而我相信這種感覺部分來自這樣一個文學上的事實——他致力於刻劃一段簡略扼要的歷史，但同時自己又能以遠為細緻、直接、戲劇化的形式想像它。隨著《魔戒》這個偉大的『不速之客』兼全新嘗試大功告成，他似乎又回歸對遠古時代的寫作，想要重拾那種他很久以前在《失落的傳說》中就已起頭的遠為博大的規模。完成《精靈寶鑽的歷史》依舊是一項目標，但那些本應衍生出《精靈寶鑽的歷史》的後部篇章，自原初形式大大擴展而來的『偉大傳說』卻從未完成。」

在此我們要回到《失落的傳說》故事集中最後寫就的一批，討論其中一個故事，它的標題是《瑙格拉弗靈的傳說》——「瑙格拉弗靈」是「矮人的項鍊」瑙格拉彌爾在創作之初的名稱。但在這裡，我們來到了家父在完成《魔戒》之後那段時間，為遠古時代所寫的文稿的終點——沒有新的敘述了。再引用一次我在《精靈寶鑽爭奪戰》中的論述：「我們彷彿來到一處萬丈懸崖的邊緣，站在這片新近隆起的高地上，俯瞰下方遙遠的古老平原。關於瑙格拉彌爾的故事以及多瑞亞斯的毀滅，我們必須沿著時光上溯超過四分之一個世紀，回頭審視《諾多族的歷史》，甚至之前的作品。」我接下來就轉向《諾多族的歷史》（見第九七頁），將相關的文本稍加縮短後給出。

故事開頭講述了納國斯隆德的龐大寶藏後來的歷史。這批寶藏先是被惡龍格羅蒙德據為己有，而在格羅蒙德被圖林．圖倫拔殺死後，圖林的父親胡林帶著一小群林中盜匪來到了納國斯隆德。當時，由於害怕格羅蒙德的邪靈，對惡龍記憶猶新，無論奧克、精靈還是人類都還不敢前來奪寶。然而，他們在那裡發現了一個名叫密姆的矮人。

《諾多族的歷史》記載中貝倫與露西恩的歸返

密姆發現納國斯隆德的廳堂和寶藏無人守衛，便將其占為己有。他滿心歡喜地待在那裡，撫摸金子和寶石，讓它們不斷從手中滑落。他施了很多魔咒，使它們與緊緊自己緊緊聯繫在一起。但密姆的族人很少，匪徒們充滿對財寶的貪欲，儘管胡林阻止，他們還是殺了那些矮人。密姆臨死時詛咒了金子。

（胡林去見辛葛，尋求幫助。辛葛的子民將財寶運到千石窟宮殿，之後胡林便離去了。）

然後，被下了詛咒的惡龍金子開始發揮魔力，就連多瑞亞斯之王也不能倖免。他久久坐著凝視它，心中原有的嗜好金子的種子開始萌芽成長。因此，鑒於納國斯隆德已經蕩然無存（而剛多林的方位不為人知），他召來當時西部世界最偉大的工匠——諾格羅德和貝烈戈斯特的矮人，令他們將黃金、白銀和寶石（很多寶石尚未經過雕琢）製成不計其數的器皿和精美之物，並且要造一條美侖美奐的奇妙項鍊，好把精靈寶鑽掛在上面[1]。

但是對財寶的覬覦和欲望立刻就征服了前來的矮人，他們謀劃了背叛。他們彼此說：「矮人難道不是和精靈王一樣，有權擁有這批財寶？而且，這批財寶難道不是以邪惡手段從密姆那裡奪來的？」然而他們同時還覬覦精靈寶鑽。反觀辛葛，他受魔咒轄制，沉溺愈深，克扣了先前許諾給矮人的酬勞。雙方開始惡言相向，辛葛的王宮裡爆發了武力衝突。有很多精靈和矮人被殺，他們在多瑞亞斯的埋骨之地被取名為「貪婪之丘」庫姆南－阿拉賽斯。但剩下的矮人沒有拿到報酬就被趕了出去。

因此，矮人在諾格羅德和貝烈戈斯特集結新的軍隊，最終返回。有些精靈對受詛咒的財寶滋生了貪婪之心，矮人依靠這些背叛者的幫助，偷偷潛入了多瑞亞斯。

在那裡，他們在辛葛只帶了一小隊護衛打獵時突然襲擊了他，辛葛被殺害，千石窟宮殿要塞被出其不意地攻占，遭到洗劫。輝煌的多瑞亞斯幾乎被破壞殆盡，如今對抗魔苟斯的精靈要塞只剩下一座（就是剛多林），而他們的危機也迫在眉睫。

矮人無法俘虜或傷害王后美麗安，她去尋找貝倫和露西恩。須知，通往藍色山脈中的諾格羅德和貝烈戈斯特的矮人路，經過東貝烈里安德和蓋理安省沿岸的樹林，那裡過去曾是費艾諾的兒子達姆羅德和迪瑞爾的狩獵場。在他們的領地以南，夾在蓋理安省和藍色山脈之間的土地是歐西里安德，貝倫和露西恩仍在那裡漫遊，在露西恩贏得的寬限時光裡過著安寧幸福的生活，直到二人辭世。他們的子民是南方的綠精靈。但貝倫不再作戰，他的領地遍布繁花，美不勝收，人類常稱之為「死而復生者之地」奎爾沃西恩。

在那片地區北邊有一處越過阿斯卡河的渡口，名為「碎石渡口」薩恩阿斯拉德。矮人要通過高山隘口返回家園，這處渡口是必經之路。貝倫得到美麗安示警，知道矮人要來，便在那裡打了平生最後一戰。在那場戰鬥中，當矮人滿載掠奪來的戰利品，渡河到中途時，綠精靈向他們發動了突襲。矮人首領們被殺，幾乎全軍覆沒。但貝倫取了「矮人的項鍊」瑙格拉彌爾，精靈寶鑽就垂掛在項鍊上。歌謠與傳說中講述，露西恩把那條綴著那顆不朽寶石的項鍊戴在白皙的胸前，此景堪稱有史以來維林諾以外的疆域中，美與榮光的極致。有短短一段時光，那片「死而復生者之地」變得如同諸神之地的鏡像，自此再無任何一處能如它那般美好、豐饒，充滿光明。

然而美麗安不斷警告他們，要當心那個下在財寶和精靈寶鑽上的詛咒。實際上他們已經把財寶沉入阿斯卡河，並給那條河改名為「金色河床」拉斯羅里安，但他們留下了精靈寶鑽。最後，拉斯羅里安之地的美好只持續了很短的時間。因為曼督斯所說的話應驗了，露西

1 關於瑙格拉彌爾，有一個後期版本的故事說它是矮人巧匠在很久以前為費拉貢德造的，是胡林從納國斯隆德帶走，送給辛葛的惟一一件寶物。之後辛葛交給矮人的任務是「翻新」瑙格拉彌爾，並把他當時擁有的那顆精靈寶鑽鑲於其上。在出版的《精靈寶鑽》中，故事情節就是這樣。

恩就像後世的精靈那樣隱褪，她從世間消失[2]，而貝倫死了，無人知曉他們下次重逢將在何處。

此後，辛葛的繼承人、貝倫和露西恩的孩子迪奧成了森林之王。他是世間兒女中最美的一位，因為他將三個族群的血脈融於一身：最美善的人類，精靈，還有維林諾的神聖神靈。但這不能保護他免遭費艾諾眾子所發的誓言帶來的命運。因為迪奧回到了多瑞亞斯，一度重振了它的古老榮光，不過美麗安不再生活在那地，她動身離去，前往西方大海彼岸的諸神之地，到她來處的花園裡靜思悲傷。

但迪奧將那顆精靈寶鑽戴在胸前，那顆寶石的名聲傳到了四面八方，再度喚醒了那個沉睡的不死誓言。

當露西恩戴著那顆無以倫比的寶石的時候，沒有精靈膽敢襲擊她，就連邁德洛斯[3]也不敢作此想。但如今，四處遊蕩的費艾諾七子聽聞多瑞亞斯的重建與迪奧的尊嚴，便重新聚到一起，他們送信給迪奧，索要屬於他們的寶鑽。但他不肯把寶石交出來給他們，他們便率領全部人馬來攻擊他。就這樣，精靈殘殺精靈的慘劇第二次發生，這一次也是最慘痛的。凱勒鞏、庫茹芬和烏髮的克蘭希爾[4]命喪當場，但迪奧遇害，多瑞亞斯覆滅，再未復興。

然而，費艾諾眾子未能贏得精靈寶鑽。忠誠的僕從先他們一步帶著迪奧的女兒埃爾汶逃走，並且隨身帶走了瑙格拉弗靈。他們和她逃脫了，最終去了臨海的西里安河口。

〔在一份比《貝烈里安德編年史》的最初形式——《諾多族的歷史》稍晚的文稿中，故事改了。在那版故事裡，當迪奧回到多瑞亞斯的時候，貝倫與露西恩仍然活著，留在歐西里安德。他在那裡的經歷，我引用《精靈寶鑽》中的敘述：

一個秋天的深夜，有人前來敲響了明霓國斯的大門，要求見王。他是一位從歐西里安德趕來的綠精靈貴族，守門的衛士引他去了迪奧獨坐的私室。那位貴族默不作聲地將一個箱子交給迪奧，隨即告退。箱中正是那條鑲有精靈寶鑽的矮人的項鍊。迪奧一見它，就明白這代表貝倫．埃爾哈米恩與露西恩．緹努維爾已經真正死去，共同迎接通向世界之外的命運，前往人類一族的歸宿。

迪奧久久凝視著父母超出希望自魔苟斯的恐怖中取出的精靈寶鑽，他極其哀慟死亡竟這麼快就降臨到他們身上。」

2 露西恩的死亡方式被標記出來，以待修正。後來，家父針對這條寫道：「然而歌謠傳唱，精靈當中惟有露西恩被列為我們種族的一員，去了世界之外我們命中註定的歸宿。」

3 譯者注：邁德洛斯（Maidros），即《精靈寶鑽》中的邁茲洛斯（Maedhros）。

4 譯者注：克蘭希爾（Cranthir），即《精靈寶鑽》中的卡蘭希爾（Caranthir）。

《失落的傳說》之《瑙格拉弗靈》選段

至此，我要暫時擱置創作的年代次序，轉而討論《失落的傳說》之《瑙格拉弗靈》。之所以這樣做，是因為下文摘錄的段落是擴寫模式的一個範例，從中可見家父早期在創作《精靈寶鑽》時採用的那些生動直觀、常常富含戲劇性的細節，不過《瑙格拉弗靈》的全篇牽涉到本書不需要的旁枝末節。因此，第二八七頁的《諾多史》文稿對「碎石渡口」[1]薩恩阿斯拉德那場戰鬥進行了十分簡短的概述，下文給出的則是《失落的傳說》之《瑙格拉弗靈》中詳細得多的記載，並且包括貝倫與來自藍色山脈中諾格羅德的矮人王瑙格拉都爾的決鬥。

選段從瑙格拉都爾率領矮人在洗劫千石窟宮殿

1 譯者注：此處的「碎石渡口」對應的原文是Stony Ford，顯然與書後名詞列表中的「Ford of Stones」同義。

後返回，接近薩恩阿斯拉德時開始。

此時，那支隊伍已全數抵達〔阿斯卡河〕，他們排成了這樣的隊形：當先是若干沒有負重，武裝最完備的矮人，中間是一大隊背負著格羅蒙德的財寶，以及大量從廷威林特的殿堂裡強搶而來的精美之物的矮人，他們之後是瑙格拉都爾，他騎在廷威林特的馬背上，由於矮人的腿又短又彎，他的模樣顯得十分怪異，但有兩個矮人牽著那匹馬，因為牠走得不情不願，並且滿載著贓物。但在這一行人之後跟著一大群手持武器，但幾無負擔的矮人。他們排成這樣的隊形，打算在這命定的一日渡過薩恩阿斯拉德。

他們到達一側河岸時，還是早晨，但到了正午時分，他們仍然排著長長的隊伍，在湍急奔湧的河流水淺處慢慢地趟過。河道在此變寬，河水在巨石密布、夾在長條沙洲和小塊碎石間的狹窄水道裡流動。此時，瑙格拉都爾滑下了他那匹負擔沉重的馬，準備讓馬過河，因為武裝的先鋒隊伍已經爬上了對面的河岸，河岸巨大陡峭，樹木密生，背著金子的矮人有些已經上了岸，有些還在溪流中，但斷後的武裝矮人正在稍事休息。

突然間，精靈的號角聲響徹當地，且有一聲〔號響？〕尤為清脆，蓋過了其他，那是林中獵人貝倫的號角。接著，空中飛滿埃爾達的細長箭矢，它們瞄準無誤，風也不能吹偏。看！從每棵樹、每塊巨石後都忽然躍出褐精靈和綠精靈，他們背著滿滿的箭袋，不停地射箭。瑙格拉都爾的人馬見狀，一片恐慌鼓噪，那些在河灘裡趟水的矮人把背負的金子丟入水中，驚恐地向兩邊河岸逃去，但很多矮人都被無情的箭矢射中，隨著他們的金子一同落進阿洛斯河的激流，清澈的河水被他們的汙血染紅。

對岸的矮人戰士此刻也〔陷身？〕戰鬥，他們重整旗鼓，想向敵人發動攻勢，但他們面前的敵人敏捷地逃走，與此同時〔其餘敵人〕仍然箭如雨下，射向他們。如此一來，埃爾達傷者寥寥，矮人一族卻不斷倒斃。碎石渡口的大戰就這樣……逼近瑙格拉都爾身邊，因為儘管瑙格拉都爾和麾下隊長們頑強地率隊抵抗，但他們始終無法抓到敵人，他們的隊伍死傷慘重，直到大多數人被打散逃走，而精靈見狀，爆發出一陣清脆的大笑。他們克制住沒有再射箭，因為矮人逃跑時白鬍子被風吹得凌亂不堪，奇形怪狀令精靈們樂不可支。然而瑙格拉都爾仍然挺立，身邊拱護著寥寥幾人，此時他想起了格玟德琳[2]的話[3]——看哪！貝倫向他走去，丟開手中的弓，拔出一柄閃亮的劍。貝倫在埃爾達中堪稱身材高大，儘管肩寬與腰圍都不及矮人王瑙格拉都爾。

接著，貝倫說：「你這羅圈腿的兇手啊，只要做得到，儘管保衛你那條命吧！否則我就要了它。」而瑙格拉都爾與他商討，連奇妙的項鍊瑙格拉弗靈也願給他，以換取他自己全身

2 譯者注：在本書前面的選段中，她的名字寫作「格玟德淩」（Gwendeling），但在本段中寫作「格玟德琳」（Gwendelin）。

3 故事在前文中提到，當瑙格拉都爾準備離開明霓國斯時，他宣布阿塔諾爾的王后格玟德琳（美麗安）必須跟他一起去諾格羅德，而她回答說：「你這盜賊、謀殺犯，米爾　的孽種，你實為愚人，因你不知自身面臨何種威脅。」

而退。但貝倫說：「不，你死了之後，我照樣可以取走它。」他說完便獨自向瑙格拉都爾及其護衛發起攻擊，在他殺了最前的一人後，餘者都在精靈的大笑聲中逃走了。於是，貝倫向殺害廷威林特的瑙格拉都爾展開了進攻，那位年長的矮人當即勇敢地自衛。那真是一場惡戰。很多觀戰的精靈出於對自家統帥的愛和擔憂，伸手去摸弓弦，但貝倫邊戰鬥邊高呼讓所有的人住手。

須知，傳說幾乎沒有講述那場鬥毆的詳細經過，只說貝倫在此戰中負傷多處，但由於矮人鎧甲的（？技能）和魔法，他諸多高明的進擊都未能傷到瑙格拉都爾。據說，他們鏖戰了三個鐘頭，貝倫感到雙臂開始疲憊，但慣於在鍛爐前揮動巨錘的瑙格拉都爾卻不累。若非密姆的詛咒，結果大有可能是另一副模樣。瑙格拉都爾注意到貝倫漸漸無力，便逼得越來越近，心中冒出了那個厲害魔咒引發的傲慢。他想：「我會殺了這個精靈，他的手下會被嚇得從我面前逃走。」他握緊劍，揮出強大的一擊，喊道：「林中小子啊，你的剋星來了，吃我一劍！」就在那一刻，他腳下踩到一塊凹凸不平的石頭，向前跌去。但貝倫側身閃開了那一劍，探手抓向瑙格拉都爾的鬍子，卻抓到了金項圈。他用力一拉，瞬間將瑙格拉都爾面朝下摜倒在地。瑙格拉都爾的劍脫手飛出，但貝倫一把抓住，用它殺了矮人，因為他說：「既然沒有必要，我不會讓你的黑血玷汙我那雪亮的劍刃。」瑙格拉都爾的屍體被拋進了阿洛斯河。

然後貝倫解下了項鍊，驚奇地凝視著它。看，那顆精靈寶鑽正是他從安格班奪回的寶石，他因為這項功績而贏得了不朽的榮耀。他說：「仙境之燈啊！你如今被矮人的魔法鑲在黃金和寶石當中，光華如此美好，我的雙眼過去所見，不及現在的一半。」他命人洗去了那條項鍊上的汙漬。由於不知道它的力量，他沒有把它丟棄，而是把它帶回了希斯路姆的樹林。

第二八七頁摘錄的《諾多史》選段中只有寥寥數語對應這個「瑙格拉弗靈的傳說」選段：

在那場戰鬥〔薩恩阿斯拉德〕中，當矮人滿載掠奪來的戰利品，渡河到中途時，綠精靈向他們發動了突襲。矮人首領們被殺，幾乎全軍覆沒。但貝倫取了「矮人的項鍊」瑙格拉彌爾，精靈寶鑽就垂掛在項鍊上。

以上內容正說明了我在第二八二頁所作的評論，家父「致力於刻劃一段簡略扼要的歷史，但同時自己又能以遠為細緻、直接、戲劇化的形式想像它」。

對這個關於矮人的項鍊的「失落的傳說」的討論到此為止，我將用另一段引文為這段偏離主題的短暫探討作結。這段引文是《諾多史》（第二八七—二八八頁）講述的故事的起源，包括貝倫和露西恩的死亡和他們的兒子迪奧的被殺。我用貝倫和格玟德琳（美麗安）的對話引入這個選段，當時露西恩首次戴上了瑙格拉弗靈，貝倫宣稱她看起來空前美麗，但格玟德琳說：「但精靈寶鑽曾被嵌在米爾寇的王冠上，而那條項鍊實為惡毒匠人所造。」

接著緹努維爾說，她不想要昂貴之物或珍稀的寶石，只想要森林中的精靈快樂。她為了使格玟德琳開懷，把項鍊從頸上摘了下來，但貝倫很不高興。他不能容忍丟棄它，而把它藏在他的〔寶庫？〕裡。

此後，格玟德琳在林中與他們同住了一段時間，〔她失去廷威林特的巨大悲痛〕得到了緩解。最終，她滿懷渴望地返回了羅瑞恩之地，再也不曾出現在大地居民的傳說中。但曼督斯在把貝倫與露西恩釋放出自己的殿堂時所說的必死命運，迅速降臨到了他們身上，而密姆的詛咒或許也對此發揮了〔效力？〕，因為死亡更快襲擊了他們。這一次，他們二人沒有一同踏上旅程，在他們的孩子——俊美的迪奧仍然年幼時，緹努維爾就像後世世間所有的精靈那樣，慢慢隱褪。她從森林中消失了，再也沒有人看到她在林中起舞。但貝倫為了找她，尋遍了希斯路姆和阿塔諾爾兩地全境。沒有任何精靈比他更孤獨，或許他也隱褪而逝，留下他的兒子迪奧統治褐精靈和綠精靈，成為瑙格拉弗靈之主。

也許精靈眾口一詞的說法是真的，他們二人如今在維林諾歐洛米的森林裡打獵，緹努維爾永遠在諸神之女奈莎和瓦娜的青翠草地上起舞。但當圭爾沃松離開他們消失，精靈深感悲傷。他們失去了領袖，魔力消退，人數漸漸減少。很多精靈遷去了剛多林——那城增長壯大的力量和榮光，祕密地在所有精靈當中流傳。

但迪奧到成年的時候，統治的子民仍然為數眾多。他就像貝倫那樣熱愛森林。由於他擁有那顆鑲在矮人的項鍊上的奇妙寶石，絕大多數歌謠都稱他為「富有的奧西爾」。他漸漸淡忘了貝倫和緹努維爾的傳說，開始把那條項鍊戴在自己頸項上，對它的美珍愛至極。那顆寶石的名聲如野火般傳遍了北方所有的地區，精靈彼此說：「一顆精靈寶鑽在希斯羅迷的樹林裡大放光芒。」

瑙格拉弗靈的傳說中更加詳細地講述了迪奧遭到攻擊，死於費艾諾眾子之手的經過。《瑙格拉弗靈》是「失落的傳說」中最後一個形式連貫的，它以埃爾汶的逃脫結尾：

她在森林裡流浪，有少數褐精靈和綠精靈聚集到她身邊。他們永遠離開了希斯路姆的林間空地，向南朝著深深的西里安河與美好的土地走去。

如此一來，所有仙靈的命運便織成了一股絲線，便是關於埃雅仁德爾的偉大傳說。現在，我們就說到了那個傳說的真正開端。

*

在此之後，《諾多族的歷史》有數段內容講述剛多林的歷史和它的陷落，講述了圖奧的過去。圖奧娶了剛多林之王圖爾鞏的女兒伊綴爾．凱勒布琳達爾，他們的兒子是埃雅仁德爾。城毀時，埃雅仁德爾隨他們一起逃了出來，來到西里安河口。《諾多史》在迪奧之女埃爾汶從多瑞亞斯逃到西里安河口（第二八七—二八八頁）之後，接著講述：

一支精靈子民在西里安河邊壯大起來，他們是多瑞亞斯和剛多林的遺民。他們熱愛大海，著手建造優美的船隻。他們住在海岸附近，托庇於烏歐牟之手。……

在那段時期，圖奧感覺自己逐漸衰老，無法再忍受占據他身心的對大海的渴望。因此，他造了一艘大船「鷹之翼」埃雅拉米。他和伊綴爾一同出海，向著日落的西方揚帆而去，從此不再出現在任何傳說中。但明輝埃雅仁德爾成了西里安之民的領袖。他娶了迪奧之女——美麗的埃爾汶為妻。然而，他心境不寧。兩個念頭出現在他心中，合而為一——對廣闊海洋的渴望。他想揚帆遠航，出海追隨一去不返的圖奧和伊綴爾・凱勒布琳達爾。他還想自己或許能找到那終極之岸，於有生之年將消息呈送給西方的諸神和精靈，那也許可以打動他們，憐憫凡世與人類的悲傷。

他建造了歌謠中唱過的最美的船，「水沫之花」汶基洛特[4]。它有宛如銀月的白色甲板，有金色的船槳、銀色的船索，桅杆頂上裝飾著星星一樣的珠寶。《埃雅仁德爾之歌》中唱到他在探險中的種種經歷，他曾去過汪洋深水與杳無人跡之地，去過諸多海域與無數島嶼……但埃爾汶悲傷地等在家裡。

埃雅仁德爾沒有找到圖奧，在那次航程中也從未抵達維林諾的海岸。最後他被風吹回了東方，在一天夜裡駛入西里安海港，不期而至，無人迎接，因為港口一片荒涼。……

埃爾汶住在西里安河口，仍然擁有瑙格拉彌爾和那顆輝煌的精靈寶鑽的消息，傳到了費艾諾眾子耳中。他們停止漂泊狩獵的生活，聚到一起。

但西里安之民不肯交出這顆貝倫贏得、露西恩戴過、俊美的迪奧為之身死的寶鑽。於是，精靈殘殺精靈的慘劇又發生了，這是最後也是最殘暴的一次，此乃那則受詛咒的誓言所鑄成的第三樁大錯。費艾諾還活著的兒子們突然向剛多林的流亡者和多瑞亞斯的倖存者發動了襲擊。儘管他們的部屬有些袖手站到一旁，還有少數倒戈相助埃爾汶，反抗自己的主君，結果被視為敵方殺害，但費艾諾眾子取得了勝利。達姆羅德和迪瑞爾雙雙喪命，邁德洛斯和瑪格洛爾因而成了七子中僅存的兩人。但最後的剛多林之民被殺滅，或被迫離開，加入邁德洛斯麾下。然而，費艾諾的兒子們並未贏得精靈寶鑽，因為埃爾汶把瑙格拉彌爾拋入了大海，直到世界末日它也不會從那裡歸返。她自己投入波濤，化成一隻白色海鳥的形貌飛走，哀悼著，在世間每一片海岸邊尋找埃雅仁德爾。

但邁德洛斯憐憫她的孩子埃爾隆德，把他帶在身邊，庇護、養育了他，因為他內心因那則可怕誓言的重擔而疲憊不堪，厭惡煩亂。

埃雅仁德爾得知這一切，不勝悲傷。他又一次揚帆出海，尋找埃爾汶和維林諾。《埃雅仁德爾之歌》中講述，他終於來到魔幻群島，堪堪從它們的迷咒中逃脫。他重新找到了孤島，找到了黯影海域，還有坐落在凡世邊緣的仙境海灣。他在那裡靠岸，成了惟一一位踏上不死之岸的凡人。他爬上不可思議的科爾山，走在圖

4 譯者注：在《諾多族的歷史》裡，汶基洛特拼作Wingelot。

恩那人去路空的街道上[5]，沾上衣鞋的塵埃都是鑽石和寶石的塵粉。但他並未貿然前往維林諾。

他在北方大海中建了一座高塔，世間所有的海鳥都可以偶爾前往那裡。他始終為美麗的埃爾汶悲傷，盼她回到他身邊。汶基洛特被群鳥用翅膀托起，如今就在空中航行，尋找埃爾汶。那艘船奇妙又有魔力，如同天空中一朵星光閃耀的花。但太陽燒焦了它，月亮在穹蒼裡追逐它，埃雅仁德爾在大地上空遊蕩良久，就像一顆逃逸的星星般閃爍。

在最初寫成的《諾多族的歷史》中，埃雅仁德爾與埃爾汶的傳說就在這裡結束了。但後來，結尾這段被推翻重寫，徹底更改了「貝倫與露西恩的精靈寶鑽永遠失落在大海裡」這個設定。重寫的段落是這樣的：

然而邁德洛斯並未贏得精靈寶鑽，因埃爾汶眼見大勢已去，她的兩個孩子埃爾洛斯和埃爾隆德也被活捉，便躲開邁德洛斯的大軍，胸佩瑙格拉彌爾投了大海，人們以為她死了。但烏歐牟將她托了起來，她飛過汪洋去尋找她摯愛的埃雅仁德爾，精靈寶鑽在她胸口閃耀如明星。一天夜裡，正在船上掌舵的埃雅仁德爾看見她朝他飛來，恰似明月下一朵飛快飄動的白雲，大海上一顆軌跡奇特的星星，一團乘著風暴之翼的蒼白火焰。

歌謠中唱道，她從半空跌落到汶基洛特的甲板上，暈了過去，因為速度太快，幾乎斷了氣。埃雅仁迪爾將她捧起抱在懷中。第二天早晨他睜開眼睛，訝然見到妻子躺在自己身旁熟睡，秀發散在他臉上。

從這裡開始，《諾多史》中講述的故事大半經過了改寫，在主要方面與《精靈寶鑽》中的情節相去無幾。我將引用那部作品，為本書的故事作結。

5 譯者注：科爾（Kôr）山上的圖恩（Tûn）城，對應《精靈寶鑽》中圖娜山上的提力安。

日出與日落之星

埃雅仁迪爾和埃爾汶為西里安海港的毀滅和兩個兒子的被擄感到萬分悲傷，他們害怕孩子會慘遭殺害，不過那並未發生。出乎意料的是，瑪格洛爾憐憫埃爾隆德與埃爾洛斯，疼惜他們，雙方之間後來萌生了親情。但瑪格洛爾內心因那則可怕誓言的重擔而疲憊不堪，厭惡煩亂。

如今，埃雅仁迪爾見中洲大地希望已蕩然無存，絕望中不再歸家，而是再度轉向，在埃爾汶的陪伴下再次去尋找維林諾。他現在幾乎總是站在汶基洛特的船首，精靈寶鑽綁在他額上。他們愈靠近西方，它的光芒就愈燦爛輝煌。……

就這樣，埃雅仁迪爾成了第一位登上不死之地的凡人。他有三個同伴，名叫法拉沙、埃瑞隆特和艾蘭迪爾，他們都是水手，曾伴他航行過所有的海域。埃雅仁迪爾對埃爾汶和那三人說：「此地當僅我一人涉足，以免維拉的震怒降臨到你們身上。但為了兩支親族，我願獨自去冒這險。」

但埃爾汶答道：「倘若如此，你我的路就會永遠分開。你所冒的一切危險，我都要與你分擔。」她跳下船，踏著白色的泡沫朝他奔去。但埃雅仁迪爾感到悲傷，他害怕西方主宰會對任何膽敢穿過阿門洲防線的中洲之人降下憤怒。他們在那裡向三位一同航行的同伴告別，從此永未再聚。

埃雅仁迪爾對埃爾汶說：「妳在此等我。只有一人可以帶去訊息，那是我需承擔的命運。」他獨自走上內陸，進了卡拉奇爾雅，他覺得那裡空曠又寂靜，因為正如極久以前魔苟斯與烏苟立安特闖入時那樣，此時埃雅仁迪爾也於節慶之時到來，幾乎所有的精靈子民都去了維利瑪，或聚集在塔尼魁提爾山上曼威的宮殿中，無人留在提力安城牆上看守。

但有人遠遠看見了他和他帶來的燦爛光芒，立刻趕去了維利瑪。而埃雅仁迪爾爬上綠色小山圖娜，發現那裡杳無人跡。他走上提力安的街道，那裡同樣空蕩一片。他擔心就連蒙福之地也遭到了邪惡侵襲，心情沉重起來。他在人去路空的提力安城裡行走，發現沾上衣鞋的塵埃是鑽石塵粉。他爬上綿長的白色階梯，周身閃閃發光。他大聲用精靈和人類的各種語言呼喊，無人回應。於是，他最後轉身往回朝海邊走去。但就在他踏上通往海岸的路時，有人站在小山頂上，以洪亮的聲音向他喊道：

「問候汝安，埃雅仁迪爾！聲譽最盛的航海家，久被尋覓卻不期而至，飽受期盼終衝破絕望！問候汝安，埃雅仁迪爾！身負日月問世之前的光芒：大地兒女的榮耀，黑夜之中的明星，黃昏之際的珠寶，黎明之時的燦爛曙光！」

那個聲音屬於曼威的傳令官埃昂威，他自維利瑪趕來，召喚埃雅仁迪爾去覲見阿爾達的眾位大能者。於是埃雅仁迪爾進入維林諾，來到維利瑪的殿堂，從此再未涉足凡人之地。眾維拉隨即一同商議會談，並將烏歐牟自深海中召來。埃雅仁迪爾站在他們面前，闡明兩支親族交付的使命。他為諾多族懇求寬恕，為他們深重的悲傷請求憐憫，祈求眾神垂憐人類與精靈，在危急時刻向他們伸出援手。他的祈求獲得了應允。

精靈當中流傳說，埃雅仁迪爾離開去尋找妻子埃爾汶後，曼督斯開口論及他的命運，說：「必死的凡人活著踏上不死之地，還能存活否？」但烏歐牟說：「他生到世間，正是為此。告訴我：埃雅仁迪爾究竟是人類哈多一脈的圖奧之子，還是精靈芬威家族的圖爾鞏之女伊綴爾之子？」曼督斯答道：「等同於一意孤行踏上流亡之路的諾多族，不得歸返此地。」

待眾神言畢，曼威下了判決。他說：「此事判決之權在我。埃雅仁迪爾對兩支親族的愛，使他甘冒性命之險，此險不當降臨到他身上，亦不當降臨到他妻子埃爾汶身上，她是因愛他而涉入險境。但他們從此不得再踏上域外之地，生活在精靈或人類當中。我對他們的裁決如下：埃雅仁迪爾與埃爾汶，以及他們的兩個兒子，每人都將得以自由選擇自己的命運要歸屬於哪支親族，自己要作為哪支親族的成員接受判決。」

〔埃雅仁迪爾走了很久都不見返回，埃爾汶開始感到孤單又恐懼，但在她沿著海濱漫遊時，埃雅仁迪爾找到了她。〕不久他們就被召喚前往維利瑪，在那裡，大君王向他們宣布了裁決。

於是，埃雅仁迪爾對埃爾汶說：「妳來選吧，因為我現在厭倦了世界。」埃爾汶為了露西恩的緣故，選擇成為伊露維塔的首生兒女。埃雅仁迪爾儘管內心更傾向人類一族、他父親的同胞，但還是為了她而作了同樣的選擇。

隨後，埃昂威奉維拉之命前往阿門洲海岸，埃雅仁迪爾的三位同伴還留在那裡等候消息。埃昂威取了另一艘船，將三位水手安置其上，維拉用一陣大風將他們吹送回了東方。但維拉取了汶基洛特，封它為聖，將它運過維林諾，送到世界的終極邊緣。汶基洛特在那裡穿過了黑夜之門，被一直舉升至穹蒼的海洋裡。

那艘船被裝點得美麗非凡，充滿波動的光焰，精純又明亮。航海家埃雅仁迪爾坐在舵前，周身閃爍著精靈珠寶之塵的光輝，精靈寶鑽就綁在他額上。他駕著那艘船遠航，甚至深入沒有星辰的虛境，但他最常在清晨或傍晚時分被人望見，在日出或日落時分閃爍於天際，那正是他從世界的邊界之外歸航回到維林諾的時刻。

埃爾汶沒有參加那些遠航之旅，因為她可能承受不住無路可循的寒冷虛境，而且她更愛大地和吹過山丘和海洋的清風。因此，在隔離之海的北部岸邊有座為她建造的白塔，大地上所有的海鳥都常造訪此地。據說，曾經一度化身為鳥的埃爾汶學會了百鳥的語言，而牠們教給她飛翔的技能。她的翅膀作雪白與銀灰之色。當埃雅仁迪爾返航接近阿爾達，她有時會振翼飛去相迎，正如許久之前她從大海中被救起時那樣。住在孤島上的精靈倘若眼力目力長遠，那時就能看見她像一隻閃亮的白鳥，披著玫瑰色的餘暉，快樂地翱翔於天際，歡迎汶基洛特從天外歸港。

汶基洛特初次揚帆航行於穹蒼之海時，它出人意料地升起，耀眼又明亮，中洲的子民遠遠望見它，十分驚奇。他們把它看作一個徵兆，稱它為「大希望之星」吉爾—埃斯特爾。當這顆新星在傍晚出現，邁茲洛斯對他弟弟瑪格洛爾說：「那正在西方閃爍的，必是一顆精靈寶鑽吧？」

而貝倫和露西恩最後如何辭世？正如《精靈寶鑽征戰史》所述：沒有誰見證貝倫和露西恩的離世，或指明他們最終埋骨何處。

附錄　《蕾希安之歌》的修訂版本

在《魔戒》完結之後，吸引了家父的第一批甚至很可能是第一個寫作項目，就是重拾《蕾希安之歌》——（不用說）不是從他一九三一年停筆的地方（卡哈洛斯在安格班大門前襲擊貝倫）把故事繼續寫下去，而是把全詩從頭重寫。這部分文稿的原文考訂歷史十分複雜，我無需在此贅言，作以下評論足矣：儘管家父最初似乎打算把《蕾希安之歌》全盤推翻重來，但他很快就平息或克制住了這樣的衝動，退而改為重寫短小零散的片段。但是，我在此給出一個選段，作為這些時隔四分之一個世紀寫出的新詩的具體實例。該段講述了寡歡者戈利姆如何背叛，導致貝倫的父親巴拉希爾及其全部同伴被害，只餘貝倫一人倖存。它顯然是新寫詩節中最長的一段，而且可以方便地與第八二—九六頁給出的舊版進行比較。讀者將會發現，這裡被說成是據守「皋惑斯島」的索隆（即夙巫）已經取代了魔苟斯，此外詩歌的品質也說明這是一首新詩。

我把題為「關於蒙福的塔恩艾路因」的短詩作為新文稿的開頭，這段在原版裡沒有對應的部分。詩句的編號是1至26。

他們的作為如此英勇
先前搜捕他們的鷹犬
很快就聞風而逃。
儘管每個人頭的賞格
與君王的贖金不相上下，
但就連他們在何處藏身
也無兵士能為魔苟斯尋到；
因為就在莽莽松林上方
高原荒蕪、蒼涼
陡峭的多松尼安拔地而起
至皚皚白雪覆蓋，凜冽山風吹過之處
有冰湖一座，水面白日湛藍
夜晚猶如墨色琉璃的鏡面
倒映著埃爾貝瑞絲的群星
橫越世界上空，沉入西方。
那地曾得封聖，至今仍蒙祝福
魔苟斯的陰影，與邪惡的造物
尚未涉足彼處；湖邊生長著

一圈挺秀的銀樺
臨水沙沙作響，週邊環繞著
一片孤寂的荒原，古老大地
裸露的骨架如同巨石
穿出石楠與荊棘矗立；
在那無遮無蔽的艾路因湖畔
亡命的領袖與忠誠的戰友
於蒼岩腳下取了藏身之地。

關於寡歡者戈利姆

寡歡者戈利姆，是安格林之子，
傳說講述，眾人之中，
數他最勇悍絕望。他曾迎娶，
白衣少女艾麗妮爾，
彼時的人生還是美好時分，
邪惡尚未降臨，他們伉儷情深。
他騎馬出戰，歸來之際
卻只見家園遭焚，

枯林當中，屋宇空蕩，
惟餘殘垣斷壁；
艾麗妮爾，白衣艾麗妮爾，
被擄之後下落不明，
或已橫遭不測，或是遠離故土，淪為奴隸。
他心頭永遠籠罩著
當日的深重陰影，疑問依然
把他咬噬，如影隨形，
無論野外遊蕩，還是
長夜無眠，他想她也許
在邪惡襲來之前及時
逃進了樹林：她沒有死，
她還活著，她會再次歸來
把他找尋，她會以為他已被害。
因此，他不時離開藏身之地，
行蹤隱密，孤身一人，甘冒奇險，
趁夜回到舊居，
那裡寒冷殘破，不見燈火，

他守望等待卻徒勞無果，
除了新的悲痛，一無所得。

徒勞無果——更有甚者，收穫惡果
因魔苟斯有眾多間諜，眾多潛藏的眼目
善於穿透至深的黑暗窺測；
他們能發現並報告
戈利姆的蹤跡。一天
戈利姆又一次悄然潛行，
沿著已遭廢棄，雜草叢生的小道
冒著秋日傍晚的淒雨
與呼號的冷風前來。且看！夜色裡
一盞忽明忽暗的燈火自窗內亮起
他見狀吃驚，心中升起
微渺的希望和突兀的恐懼，
靠近朝裡細看。那正是艾麗妮爾！
她雖容顏已改，他卻知她甚深。
饑餓悲傷使她憔悴，

秀髮蓬亂，衣衫襤褸；
含淚的溫柔雙眼也黯淡無神，
她低聲嗚咽：「戈利姆，戈利姆！
你怎能拋下了我。
哀哉，死了！你定是已經慘死！
餘我孑然一身苟延殘喘，寒冷，
寂寞，就像頑石！」

他大喊一聲——那間
燈火熄滅，夜風中
狼嗥忽起；猛然間他肩頭一沉
被地獄的利爪揪住。
魔苟斯的爪牙將他牢牢擒住
他被死死綁縛，帶去
面見魔軍的首領索隆，
他乃妖狼與亡靈之主，
魔苟斯座下
數他最邪惡殘酷。他勢力龐大

盤踞皋惑斯島；但此時
率眾出擊，奉魔苟斯之命
搜捕逆賊巴拉希爾。
他坐鎮附近的黑暗營地，
手下屠夫把獵物押去了那裡。
戈利姆此刻痛苦地躺臥：
頭頸、手足，盡戴枷鎖，
殘酷折磨加身，
意在摧垮心志
逼他以背叛換取痛苦的終止。
然而他不肯對他們透露
關於巴拉希爾的分毫，也不肯
打破守口如瓶的承諾；
直到末了折磨告一段落，
有人悄然來到他身側，
俯身低語，身影漆黑，
向他說起他的愛妻艾麗妮爾。
「莫非，」他說，「你竟不顧了性命？

只需寥寥數語，你就可為她
也為自己，贏得自由，安然離去，
遠離戰亂共度一生，
成為吾王之友。你復何求？」
此時戈利姆苦熬已久，精疲力盡，
渴望與愛妻重逢
（他以為她必然也落入了
索隆的羅網），聽進了這話
一念之差，終至動搖。
於是立刻，他們將半願半憎的他
帶到石座之前
索隆端坐其上。戈利姆孤身而立
面對那張黑暗恐怖的臉孔，
索隆言道：「說，卑賤的凡人！
我聽見了什麼？你竟敢
與我討價還價？好，直說吧！
你要什麼獎賞？」戈利姆
低低垂下頭顱，悲痛非常，

一字一頓，最終求懇
那位殘酷無義的君主：
他想自由離去，還想
再度找到白衣艾麗妮爾，
與她一同生活，不再參戰
反抗魔君。他別無所求。

索隆聞言微笑，說道：「你這奴隸！
比起如此背叛，至深恥辱
你索要的報酬真是微不足道！
我當然允你！好，我等著聽：
說！快從實招來！」
戈利姆見狀遲疑，幾欲
退縮；但索隆恐嚇的目光
將他釘在原地，他不敢說謊：
他既已開口，叛出一步
便不得不把無義之路走到頭。
他只能將所知和盤托出，

出賣了領袖和同袍，
待到言畢，他也撲倒。

索隆見狀高聲大笑。「你這賤種，
畏首畏腳的蛆蟲！起來，
聽我說！現在就飲下這杯
我給你調好的美酒！
蠢貨！你見到的乃是幻影，
乃是我，我索隆所造，為的就是引你
這害相思病的腦袋入彀。那裡一無所有。
索隆的魅靈娶來可冰冷異常！
你那艾麗妮爾！她早就死了，
死了，喂了蛆蟲——你還不如蛆蟲，
但現在你會得到允諾的獎賞：
你很快就會去見艾麗妮爾，
躺在她的床上，不再
參戰——或是苟活。收下你的報酬！」

於是他們將戈利姆拖走，
殘酷地處死；他的屍體
最終被丟進那片濕冷的土地，
被屠夫殺害的艾麗妮爾
早已躺在焚毀的樹林裡。
戈利姆就這樣慘死，
臨死前詛咒自己，
而巴拉希爾終於難逃
魔荀斯的羅網；因為
長久守護那孤獨之地的古老祝福
因背叛而失去了效力，
塔恩艾路因的祕徑與藏身之地
如今暴露無遺。

關於巴拉希爾之子貝倫和他逃脫的經過

如今北方風起，吹來烏雲；
秋日寒風呼嘯

在石楠叢中斷斷作響；艾路因的淒涼湖水
哀傷、灰暗地蕩漾。
「我兒貝倫，」巴拉希爾說道，
「你知道我們聽聞
有大軍從皐惑斯出動
前來對付我們；我們存糧將盡。
依照我們的律法
如今該由你獨自外出
盡力從依然供養我們的少數
隱匿民眾那裡尋得幫助，探聽
新的消息。願你此行好運！
儘快歸來，因我們極不情願
從人數寥寥的手足兄弟中
抽你離去：戈利姆在林中
迷失已久，或許已死。別了！」
貝倫離去時，道別如同喪鐘
猶在他心中迴響，
那是他聽父親說出的最後話語。

穿過荒原與沼澤，路過樹木與荊棘
他遠遠巡遊：望見
索隆營地的火光，聽到
出獵的奧克和潛行的惡狼的嚎叫，
他於是折返，因歸路漫長，
而森林中黑暗無光。
那時他渴望爬進獾洞，
疲憊不堪地入睡，
然而他聽到（或夢見）
附近有大軍行進
鎧甲叮噹，盾牌鏗鏘
攀向岩山石嶺。
然後他悄然縮入黑暗，
直到，如同溺水之人拼命吸氣
掙扎著向上，恍惚中
他從枯樹下一潭死水邊緣的
爛泥裡起身。

習習冷風吹動蒼蒼枯枝
瑟瑟而抖，焦黑樹葉無不驚起：
每片葉子都是聒噪的黑鳥，
喙尖鮮血淋漓。
他打了個寒顫，掙扎著從那裡
爬過蓬亂的野草，遠遠地
他看見一個模糊的灰影
飄過陰沉的水面。
它慢慢前來，輕輕說道：
「我曾是戈利姆，但如今已成野鬼
意志被挫敗，信念被摧毀，
當了叛徒又被出賣。快走！切勿在此停留！
醒來，巴拉希爾之子，
要快！魔苟斯的魔爪
就要扼住你父親的咽喉；他已知道
你們的密約、路徑，和藏身之地。」
接著他披露了魔鬼的羅網
他曾失陷其中，未能脫身；最後

他哭泣著，乞求寬恕，離開了
沒入了黑暗。貝倫驚醒，
跳起身來，如同乍然遇襲
他心中火起，充滿憤怒。抓過
弓與劍，他飛速跳過山岩與石楠
就像一頭急奔的獐鹿
趕在黎明之前。終於在天黑前
他來到了艾路因，
血色夕陽正在西沉；
但艾路因已染上赤血，
礫石與遭到踐踏的泥濘皆是殷紅。
樺樹上棲著一排黑鳥
那是渡鴉與食腐的烏鴰；
鳥喙猶濕，肉色暗黑
血滴在緊抓樹枝的爪下。
一隻聒噪：「哈，哈，他來得太晚啦！」
「哈，哈！」群鴉應和，「哈！太晚啦！」
貝倫匆匆堆起石塚

將父親的屍骨葬在塚下；
在巴拉希爾的墓上
他未刻任何文字，只敲打了
三次墓頂的石頭，大聲呼喚了
三次父親的名字。「你的死，」他發誓，
「我必復仇。此仇必報，哪怕命運
引我最終前往安格班的大門。」
然後他轉身而去，並未悲泣：
他的心太沉，他的傷太深。
他孤身走進黑夜，冷如岩石，
無可眷戀，無依無靠，大步而行。

無需獵手的經驗
他就找到了蹤跡。殘酷的敵人
有恃無恐，驕傲大意，
高聲吹著銅號向北行去
向他們的主人致敬，
沉重的腳步踐踏大地。

如今貝倫如同聞到氣味的獵犬
腳步迅捷，大膽但謹慎地跟著他們，
直到一處黑暗的泉源附近，
瑞微爾溪自這座山上發源
向下流入色瑞赫的蘆葦間，
他發現了凶徒，找到了敵人。
藏在附近的山坡上
他將他們一覽無遺：敵人雖比擔心的要少
但單憑他的弓和劍
仍然無法殺盡。然後，他像灌木叢中的蛇
匍匐爬行，悄然潛近。
不少敵人行軍疲累已經入睡，
但頭目們攤開手腳，躺在草上，
開懷暢飲，互相傳遞
他們的贓物，不肯放過每樣
從屍體上搜來的小物件。一個舉起
一枚戒指，大笑道：「好啦，夥計們，」他叫道，
「看看我的！我可是志在必得，

這可是稀有的寶貝。
因為它是我從那個人
我殺的那個巴拉希爾，
那個無賴盜賊手上擰下。要是傳說不假，
一個精靈頭目把這給了他，
報答他用劍提供的不法服務。
它對他可沒啥幫助——他死啦。
人說，精靈戒指，沒一個好貨；
但為了金子我要留著它，沒錯
好維持我那點可憐的報酬。
老索隆叫我帶它回去，
但是，我看，他那金庫裡
可不缺更貴重的財寶：
主子都是越大越貪吶！
所以聽好，夥計們，你們都得發誓
巴拉希爾手上啥也沒有！」
他話音未落便有一支箭
自樹後疾飛而來，正中咽喉

他喘不上氣向前撲倒，一命嗚呼；
重重倒地時臉上猶帶邪惡笑容。
彼時貝倫如同可怕的狼犬
躍入他們當中。他揮劍
逐開兩個；抓起戒指；
殺了抓住他的一個；再縱身一躍
閃回陰影，等他們又怒又懼地高叫
警告埋伏之聲在山谷中迴響
他已抽身遁走。
然後他們像狼一樣衝去追趕，
嚎叫咒罵，咬牙切齒，
又砍又撞地衝過荒地，
一箭又一箭，胡亂放箭，
射向顫動的樹蔭或搖擺的草葉。
貝倫命不該絕：
面對箭矢和尖厲號角他放聲大笑；
腳程迅疾勝過任何活人，
過沼澤輕捷，過荒原不倦，

在林中如精靈一般，他脫身而去，
靠鐵灰的鎖子甲護身，
它是矮人巧匠在諾格羅德打造，
幽暗的山洞中錘打聲悠悠不絕。

無畏的貝倫名揚四方：
每當論及世間最堅毅之人
人們就會提到他的名號，
預言將來他的名聲
甚至會超過金髮哈多
或巴拉希爾和布瑞國拉斯；
但如今他的心已把悲傷
化成強烈的絕望，他不再懷著
對生命、歡樂或讚美的希望而戰，
一心只求如此度過苦難餘生——
讓魔苟斯深深體會
他那復仇之刃的刺痛，
直到一死，痛苦方休：

他所懼惟有奴隸的鐐銬。
他迎險而上尋求死亡，
反而逃脫了一心追逐的厄運，
他孤膽立下令人屏息的
功績，消息傳開
為眾多敗落之人帶來新的希望。
他們喃喃念著「貝倫」，著手
祕密打磨刀劍，晚上
他們常常在遮住的爐火邊
輕聲唱起貝倫的弓，
和他的寶劍達格墨：他悄無聲息
潛入敵營殺死敵首，
被困在藏身處時不可思議地
脫身而去，又在夜裡趁著
迷霧或月光，或在青天白日之下
捲土重來。
他們唱到獵捕者反被獵，殺人者反被殺
唱到屠夫戈格爾被砍倒，

唱到拉德洛斯的伏擊，德魯恩的大火，
唱到一場戰鬥殺敵三十，
唱到惡狼像野狗那樣狺狺而逃，
不錯，索隆本人的魔爪也被傷到。
就這樣，他孤身一人讓整片土地上
魔苟斯的爪牙領略了恐怖和死亡；
山毛櫸和橡樹是他的同袍
從不將他辜負，肩生羽翼
身覆毛皮的警惕生物
是他忠誠的朋友，或無聲遊蕩
或在山中野外與亂石荒地裡
獨來獨往，為他監視來往路途。

然而反叛者鮮有善終；
魔苟斯是有史以來
世間歌謠記載過的
最強大的君主：他那魔爪的黑暗陰影
橫貫整片土地，

每次退縮都必重返；
每殺敵一人，兩個又補上。
新希望受挫，起義者盡屠；
爐火被撲滅，歌聲被遏止，
樹木被砍伐，壁爐被燒毀，穿過廢墟
黑暗的奧克大軍匆匆而至。
他們幾乎合攏了包圍貝倫的
銅牆鐵壁；他們的奸細緊跟著
他的腳步；被剝奪了一切援助
在他們的圍籬內，他陷入困境
驚駭地站在死亡邊緣
心知自己最後必死，
不然就得逃離巴拉希爾的領地，
他深愛的故土。在湖邊
在無名的石堆之下
那些曾為偉人的屍骨只能朽爛，
被兒子和親人拋棄，
任艾路因的蘆葦哀悼。

一個冬夜他離棄了
無處托庇的北方，悄然出發
穿過了警惕的敵人
設下的防線——如同雪上幽影，
一陣旋風，他已離去，
再不復見
多松尼安的廢墟殘跡，
和塔恩艾路因的蒼茫湖水。
暗處的弓弦不再鳴響，
削尖的箭矢不再疾飛，
被獵的頭顱不再枕在
蒼天下的荒原上。
北方的群星，如銀色的火焰
古時人類稱之為「點燃的煙斗」，
被他拋在背後，照耀著
被遺棄的鄉土；他已離去。

他轉向南行，向南遠走
旅程漫長而孤寂，
而恐怖的戈堝拉斯群峰，
始終高聳在他面前。
最大膽的人也不曾
踏上那片陡峭寒冷的山嶺，
更不曾攀上它們驟降的邊緣，
從那裡，目眩之人，必須瞇眼才見
南方的高崖陡然下降
化為岩峰和石柱
沒入日月問世之前
就已存在的陰影。
危機四伏的山谷中
流淌著甜中有苦的溪水
黑暗的魔法在溝壑和峽谷裡潛伏；
但在高處遠方
在凡人視野之外
鷹眼從高拔入雲的山峰上

可以遠遠望見蒼灰光亮，
猶如星空下波光粼粼的水面，
貝烈里安德，貝烈里安德，
精靈之地的邊疆。

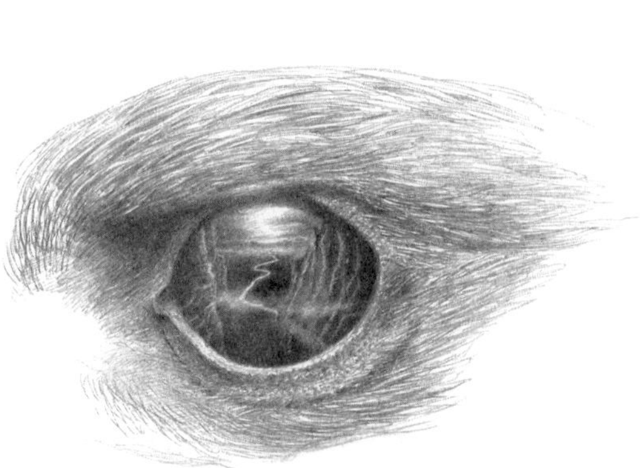

原始文稿的名詞列表

這份《名詞列表》（限於出現在家父文稿各篇章選段中的名詞）顯然並非索引，我製作它時想達到兩個目的。

對本書來說，這兩個目的都絕對不算至關重要。首先，本表旨在協助那些不能從大量名稱（以及不同形式的名稱）中回憶起某個在故事中可能具有重要意義的名詞的讀者。其次，某些名稱，特別是那些在文本中很少出現或只出現過一次的名稱，得到了稍微完整一點的解釋。例如，埃爾達「因為烏格威立安提的緣故」（見第三六頁）不肯碰蜘蛛，這在故事中顯然無關緊要，但讀者還是有可能想知道這是為什麼。

名詞列表

第二欄括號內為《精靈寶鑽》、《胡林的子女》使用之譯名。

Aeluin	艾路因湖 （艾露因湖（Tarn Aeluin））	位於多松尼安東北部的小湖，巴拉希爾及其同伴曾在此地藏身。
Aglon	阿格隆（艾格隆狹道）	位於陶爾—那—浮陰與希姆凜山之間的狹窄隘口，由費艾諾眾子守衛。
Ainur	愛努 （埃努）	（單數為 Ainu）「神聖者」：即維拉和邁雅。（「邁雅」這一名稱是後取的，用於形容早期構思：「隨著偉大諸神一同前來的，還有許多與他們同屬一類，但等級次於他們，力量也小一些的神靈。」（例如美麗安）。）
Aman	阿門洲	大海彼岸的西方聖土，維拉就居住於此（「蒙福之地」）。
Anfauglith	安法烏格礫斯 （安佛格利斯）	「令人窒息的煙塵」。見 Dor-na-Fauglith，The Thirsty Plain。
Angainu	安蓋努	（後改為「安蓋諾爾」Angainor）維拉奧力打造的大鐵鍊，曾用來捆鎖魔苟斯。
Angamandi	安加曼迪	（複數）「鐵地獄」。見 Angband。
Angband	安格班	魔苟斯位於中洲西北部的地下大堡壘。
Angrim	安格林	「寡歡者」戈利姆的父親。
Angrod	安格羅德	芬羅德（後改為「菲納芬」Finarfin）的兒子。
Arda	阿爾達	大地。
Artanor	阿塔諾爾	「方外之地」。後來被稱為多瑞亞斯的地區，廷威林特（辛葛）的王國。
Aryador	阿里雅多	「黯影之地」。人類對希斯羅迷（多爾羅明）的稱呼之一。見 Hisilómë。
Ascar	阿斯卡河	歐西里安德的河流。多瑞亞斯的財寶沉沒在河中後，河改名為「金色河床」拉斯羅里安（Rathlorion）。

Aulë	奧力	以「工匠奧力」聞名的偉大維拉。他是「通曉一切工藝的大師」，並且「掌管所有造就了阿爾達的物質」。
Ausir	奧西爾	迪奧的一個別名。
Balrogs	炎魔（巴龍格（炎魔））	（在《失落的傳說》中，炎魔被構思成「數以百計」的存在。他們被稱為「大能的魔鬼」，身穿鐵甲，生有鋼爪，手持火鞭。）
Barahir	巴拉希爾（巴拉漢）	一位人類族長，貝倫的父親。
Bauglir	包格力爾	「壓迫者」。諾多族對魔苟斯的稱呼之一。
Beleg	貝烈格（畢烈格）	多瑞亞斯的精靈，卓越的弓箭手，又稱為「強弓」庫沙理安。圖林・圖倫拔的親密夥伴與朋友，悲劇性地死於圖林之手。
Belegost	貝烈戈斯特（貝磊勾斯特堡）	矮人在藍色山脈中所建的兩座偉大城邦之一。
Beleriand	貝烈里安德（貝爾蘭）	（早期名為 Broseliand）一片位於中洲的廣大地區，其大部分在第一紀元末沉入海底，遭到毀滅。範圍從東方的藍色山脈到北方的黯影山脈（見 Iron Mountains），直到西方海濱。
Bëor	貝奧（比歐）	第一批進入貝烈里安德的人類的領袖。見 Edain。
Bitter Hills	嚴酷山嶺	見 Iron Mountains。
Blessed Realm	蒙福之地	見 Aman。
Blue Mountains	藍色山脈	形成貝烈里安德東方邊界的龐大山脈。
Boldog	波爾多格	一個奧克隊長。
Bregolas	布瑞國拉斯（貝國拉斯）	巴拉希爾的兄長。
Burning Briar	點燃的煙斗	大熊星座。

Calacirya	卡拉奇爾雅（卡拉克雅）	位於維林諾山脈中的隘口，其中坐落著精靈之城。
Carcharoth	卡哈洛斯（卡黑洛斯）	見 Karkaras。
Celegorm	凱勒鞏	費艾諾之子，又稱為「俊美的」。
Cranthir	克蘭希爾	費艾諾之子，又稱為「烏髮的」。（在《精靈寶鑽》中，他的名字是「卡蘭希爾」〔Caranthir〕。——譯者注）
i-Cuilwarthon	伊—奎爾沃松	（後改為「圭爾沃松」Guilwarthon）「死而復生者」，指從曼督斯歸來之後的貝倫和露西恩。「奎爾沃西恩」：他們生活的地方。
Cuiviénen	奎維耶能（庫維因恩）	甦醒之水。位於中洲的湖泊，精靈甦醒之處。
Cûm-nan-Arasaith	庫姆—南—阿拉賽斯	貪婪之丘。堆埋明霓國斯的死者的墳丘。
Curufin	庫茹芬（庫路芬）	費艾諾之子，又稱為「機巧的」。
Dagmor	達格墨	貝倫的寶劍。
Dairon	戴隆	阿塔諾爾的吟游詩人，位列「精靈最神奇的三大樂手」當中。最初被構思為露西恩的兄弟。（在《精靈寶鑽》中，他的名字拼作 Daeron。——譯者注）
Damrod and Díriel	達姆羅德和迪瑞爾	（後改名為「阿姆羅德」Amrod 和「阿姆拉斯」Amras）費艾諾年紀最輕的兩個兒子。
Deadly Nightshade	致命夜翳	陶爾—那—浮陰的譯名之一。見 Mountains of Night。
Dior	迪奧（迪歐）	貝倫與露西恩的兒子，其女埃爾汶是埃爾隆德和埃爾洛斯的母親。

Doriath	多瑞亞斯	阿塔諾爾後來的名稱。辛葛（廷威林特）與美麗安（格玟德淩）統治的廣大森林地區。
Dor-lómin	多爾羅明（多爾露明）	見 Hisilómë。
Dor-na-Fauglith	多爾—那—法烏格礫斯（佛格理斯地區（Dor-nu-Fauglith））	位於暗夜山脈（多松尼安）以北的阿德嘉蘭大草原，後來變為不毛之地(見 Anfauglith、The Thirsty Plain)。(在《精靈寶鑽》中，該名拼作「多爾—努—法烏格礫斯」〔Dor-nu-Fauglith〕。——譯者注)
Dorthonion	多松尼安（多索尼安）	「松樹之地」。位於貝烈里安德北部邊境，為松林覆蓋的廣大地區。後稱為「暗夜籠罩的森林」陶爾—那—浮陰。(Taur-na-Fuin 的拼寫後來被改為 Taur-nu-Fuin。——譯者注)
Drûn	德魯恩	艾路因湖以北的一片地區，別處不曾提到。
Draugluin	肇格路因（卓古路因）	夙巫（索隆）手下最大的妖狼。
Eärámë	埃雅拉米	「鷹之翼」。圖奧的船。(在《精靈寶鑽》中，該名拼作 Eärrámë，含義為「大海之翼」。——譯者注)
Eärendel	埃雅仁德爾	（後拼作「埃雅仁迪爾」Eärendil）圖奧與剛多林之王圖爾鞏之女伊綴爾的兒子，娶了埃爾汶。
Edain	伊甸人	「第二支子民」，即人類，但主要用於指代最早來到貝烈里安德的精靈之友三大家族。
Egnor bo-Rimion	埃格諾爾．波—裡米安	「精靈獵手」：貝倫的父親，後來被巴拉希爾取代。
Egnor	埃格諾爾	芬羅德（後改為「菲納芬」Finarfin）的兒子。
Eilinel	艾麗妮爾（伊莉妮爾）	戈利姆的妻子。

Elbereth	埃爾貝瑞絲（伊爾碧綠絲）	「星辰之后」。見 Varda。
Eldalië	埃爾達列（艾爾達利伊）	（精靈族人），即埃爾達。
Eldar	埃爾達（艾爾達）	離開甦醒之地，踏上偉大旅程的精靈。在早期文稿中，有時用於指代全體精靈。
Elfinesse	精靈之地	全部精靈領地的統稱。
Elrond of Rivendell	幽谷的埃爾隆德（瑞文戴爾的愛隆）	埃爾汶與埃雅仁德爾的兒子。
Elros	埃爾洛斯（愛洛斯）	埃爾汶與埃雅仁德爾的兒子。努門諾爾開國之王。
Elwing	埃爾汶（愛爾溫）	迪奧之女，嫁給了埃雅仁德爾。埃爾隆德與埃爾洛斯的母親。
Eönwë	埃昂威（伊昂威）	曼威的傳令官。
Erchamion	埃爾哈米恩（艾爾哈米昂）	「獨手」。貝倫得到的別名。其他拼法包括「埃爾馬布威德」（Ermabwed）和「埃爾馬沃伊提」（Elmavoitë）。
Esgalduin	埃斯加爾都因（伊斯果都因河）	多瑞亞斯的河流，流經明霓國斯（辛葛的宮殿）門前，注入西里安河。
Fëanor	費艾諾（費諾）	芬威的長子，精靈寶鑽的製造者。
Felagund	費拉貢德（費拉剛）	諾多族精靈，納國斯隆德的建立者。曾與貝倫之父巴拉希爾立誓為友。（關於「費拉貢德」和「芬羅德」這兩個名字的關係，見本書第二〇頁。）

Fingolfin	芬國盼	芬威的次子。在與魔苟斯單獨決鬥時犧牲。
Fingon	芬鞏	芬國盼的長子，於芬國盼犧牲後繼任諾多之王。
Finrod	芬羅德	芬威的第三個兒子。（該名後來被改為「菲納芬」，同時「芬羅德」被改為他兒子的名字，即芬羅德．費拉貢德。）
Finwë	芬威	在偉大旅程中，精靈第二支宗族——諾多族（Noldor，或 Noldoli）的領導者。
Foamriders	弄潮者	被稱為梭洛辛佩族（Solosimpi），後來改為泰勒瑞族的埃爾達宗族，是第三支也是最後一支踏上偉大旅程的精靈部族。
Gaurhoth	皋惑斯 （堝惑斯島）	夙巫（索隆）手下的妖狼。關於皋惑斯島，見 Tol-in-Gaurhoth。
Gelion	蓋理安省 （吉理安河）	位於東貝烈里安德的大河，流經歐西里安德地區時有若干發源自藍色山脈的河流匯入。
Gilim	吉利姆	一個巨人，露西恩對自己的秀髮詠唱「增長魔咒」時曾經提及其名（見第四七頁）。目前只有《蕾希安之歌》中的相應段落提到了他，稱他是「埃如曼的巨人」（埃如曼是阿門洲海濱的一片地區，「那裡是世間陰影最深、最濃的地方」）。
Gimli	吉姆利	一位老邁的盲眼諾多族精靈，被俘到泰維多的古堡裡當了很久奴隸，擁有異常出色的聽力。他在《緹努維爾的傳說》或其他任何傳說中都沒有戲份，而且從未再度登場。
Ginglith	金格漓斯河 （金理斯河）	在納國斯隆德以北注入納洛格河的河流。
Glómund, Glorund	格羅蒙德，格羅龍德	魔苟斯的巨龍——「惡龍之祖」格勞龍的早期名字。
Gnomes	諾姆族	諾多族（Noldoli/Noldor）的早期譯名。見第二六—二七頁。

Gods	諸神	見 Valar。
Gondolin	剛多林	芬國盼的次子圖爾鞏建立的隱匿城市。
Gorgol the Butcher	屠夫戈格爾	一個被貝倫所殺的奧克。
Gorgorath	戈堝拉斯（戈堝洛斯山脈（Ered Gorgoroth））	（又拼作 Gorgoroth）「恐怖山脈」。多松尼安南邊地勢驟降而成的山崖。
Gorlim	戈利姆（高爾林）	貝倫之父巴拉希爾的同伴之一。他向魔苟斯（後改為索隆）透露了他們的藏身之處。被稱為「寡歡者戈利姆」。
Great Lands	大地	大海以東的土地，即中洲（《失落的傳說》中從未用過「中洲」這個說法）。
Great Sea of the West	西方大海	貝烈蓋爾海，從中洲一直延伸到阿門洲。
Green Elves	綠精靈	歐西里安德的精靈，被稱為「萊昆迪」。
Grinding Ice	堅冰海峽	赫爾卡拉赫（Helkaraxë），極北之處隔開中洲與西方之地的海峽。
Grond	格龍得	魔苟斯的武器，以「地獄之錘」為名的巨大戰錘。
Guarded Plain	被守護的平原（監視平原）	位於納國斯隆德以北，納洛格河與泰格林河之間的大平原。
Guilwarthon	圭爾沃松	見 i-Cuilwarthon。
Gwendeling	格玟德淩	美麗安在早期文稿中的名字。（本書中還能見到「格玟德琳」（Gwendelin）的拼法。——譯者注）
Hador	哈多	一位偉大的人類族長，被稱為「金髮」。胡林與胡奧的祖父，胡林是圖林的父親，胡奧是埃雅仁德爾之父圖奧的父親。

Haven of the Swans	天鵝港（澳闊瀧迪）	見本書第二〇頁，「關於遠古時代的說明」。
Hills of the Hunters	獵手丘陵	（又稱獵手高原）納洛格河以西的高地。
Himling	希姆淩	位於東貝烈里安德北部的一座大山丘，費艾諾眾子的要塞。
Hirilorn	希利瓏（希瑞洛恩）	「萬樹之後」，明霓國斯（辛葛的宮殿）附近的大山毛櫸樹。露西恩被囚時的小屋就建在此樹的枝幹上。
Hisilómë	希斯羅迷（希斯隆）	希斯路姆。（在一份完成於《失落的傳說》寫作期間的名稱清單裡提到：「多爾羅明，或黯影之地」，就是那片埃爾達稱之為希斯羅迷的地區〔該名意為黯影微光〕……它如此得名，是由於陽光很少從東方與南方擦過鐵山脈的山巔，照耀此地。」）
Hithlum	希斯路姆（希斯隆）	見 Hisilómë。
Huan	胡安	維林諾的強大獵狼犬，成為貝倫和露西恩的朋友與拯救者。
Húrin	胡林	圖林．圖倫拔和涅諾爾的父親。
Idril	伊綴爾	又稱「銀足」凱勒布琳達爾，剛多林之王圖爾鞏的女兒。圖奧的妻子，埃雅仁德爾的母親。
Ilkorins, Ilkorindi	伊爾科林	並非來自阿門洲的精靈之城科爾（見 Kôr）的精靈。
Indravangs	印德拉方	（又拼作 Indrafangs）「長須」，貝烈戈斯特的矮人。
Ingwil	英緯爾溪（採用後期的名字林威爾溪（Ringwil））	（後改為「凜緯爾溪」Ringwil）在納國斯隆德注入納洛格河的溪流。
Iron Mountains	鐵山脈（鐵山山脈）	又稱「嚴酷山脈」。對應後來的「黯影山脈」埃瑞德威斯林的廣大山脈，形成了希斯羅迷（希斯路姆）的南部和東部邊界。見 Hisilómë。

Ivárë	伊瓦瑞	一位著名的精靈吟游詩人，「總在海邊演奏」。
Ivrin	伊芙林 （艾弗林湖）	黯影山脈腳下的湖，納洛格河的發源處。
Karkaras	卡卡拉斯	（後改為「卡哈洛斯」Carcharoth）守衛安格班大門的巨狼，露西恩在「增長魔咒」裡提到了它的尾巴。譯為「刀牙」。（本書中還能見到「卡哈拉斯」〔Carcharas〕的拼法。——譯者注）
Kôr	科爾	阿門洲的精靈之城，亦指該城所在的山丘。該城後來改為「圖恩」Tûn，只有山丘名叫「科爾」。（最後該城改為「提力安」Tirion，山丘改為「圖娜山」Túna。）
Ladros	拉德洛斯 （拉德羅斯）	多松尼安東北邊的地區。
Lay of Leithian, The	《蕾希安之歌》 （麗西安之歌）	見第七五頁。
Lonely Isle	孤島 （孤獨之島）	即托爾埃瑞西亞。一座大島，位於阿門洲海岸附近的大海中。不死之地最靠東的地方，很多精靈居住於此。
Lórien	羅瑞恩 （羅瑞安）	維拉曼督斯與維拉羅瑞恩據稱是兄弟，合稱為「範圖瑞」Fanturi。曼督斯是「奈範圖爾」Néfantur，羅瑞恩是「歐羅範圖爾」Olofantur。（在《精靈寶鑽》中，兩位維拉合稱「費安圖瑞」Fëanturi；在《未完的傳說》中，曼督斯的舊名是「努茹範圖爾」Nurufantur。——譯者注）在《諾多史》中是這樣描述羅瑞恩的：「想像與夢境的創造者。他的花園位於諸神之地，是世間最美的地方，眾多擁有美與力量的神靈在那裡流連。」
Mablung	瑪布隆 （梅博隆）	「重手」。多瑞亞斯的精靈，辛葛的將領之首。當貝倫在獵殺卡卡拉斯的行動中犧牲時，他在場。
Magic Isles	魔幻群島	位於大海中的一處群島。

Maglor	瑪格洛爾（梅格洛爾）	費艾諾的次子，聲譽卓著的歌手與吟游詩人。
Maiar	邁雅	見 Ainur。
Maidros	邁德洛斯	（後改為「邁茲洛斯」Maedhros）費艾諾的長子，被稱為「高大的」。
Mandos	曼督斯	一位力量強大的維拉。他是「審判者」，亦是亡者之殿的守護者、被殺靈魂的召喚者（見「諾多族的歷史」）。見 Lórien。
Manwë	曼威	維拉之首，亦是最強大的維拉。瓦爾妲的配偶。
Melian	美麗安	阿塔諾爾（多瑞亞斯）的王后，早期的名字是格玟德凌。一位邁雅，離開維拉羅瑞恩的領域來到中洲。
Melko	米爾	（後拼作「米爾寇」Melkor）強大的邪惡維拉，魔苟斯。
Menegroth	明霓國斯	見 The Thousand Caves。
Miaulë	米奧力	一隻貓，泰維多的廚房裡的廚師。
Mîm	密姆	一名矮人，惡龍離去後在納國斯隆德住下，對該地的財寶下了詛咒。
Mindeb	明迪布河（明迪伯河）	一條在多瑞亞斯境內流入西里安河的河流。
Mountains of Night	暗夜山脈	後來被稱為「暗夜籠罩的森林」（陶爾浮陰，後改為陶爾-那〔努〕——浮陰）的廣大高地（「松樹之地」多松尼安）。
Mountains of Shadow, Shadowy Mountains	黯影山脈（陰影山脈／黯影山脈）	見 Iron Mountains。
Nan	南	關於「南」這個人物，只知道他的寶劍名為格蘭德，露西恩在「增長魔咒」（見 Gilim）中提到了這柄劍。

Nan Dumgorthin	南杜姆戈辛	「黑暗偶像之地」。貝倫與露西恩逃離安格班時，胡安就是在此地遇到了他們。在頭韻體詩《胡林子女之歌》（見第七四頁）中，有這樣的詩句：「在南杜姆戈辛 不提其名的諸神／在隱祕翳影中 擁有隱蔽的神龕，／比魔苟斯更年長 亦勝過古老的主宰／被守護的西方 那光輝的諸神。」
Nargothrond	納國斯隆德	位於西貝烈里安德，由費拉貢德在納洛格河旁所建的龐大洞穴之城。
Narog	納洛格河 （納羅格河）	西貝烈里安德的河流。見 Nargothrond。常用於指代「領土，國度」，即「納國斯隆德的（領土，國度）」。
Naugladur	瑙格拉都爾	諾格羅德的矮人王。
Nauglamír	瑙格拉彌爾 （諾格萊迷爾）	矮人的項鍊，貝倫和露西恩奪回的精靈寶鑽被鑲於其上。
Nessa	奈莎 （妮莎）	歐洛米的姊妹，托卡斯的妻子。見 Valier。
Nogrod	諾格羅德 （諾格羅德城）	矮人在藍色山脈中所建的兩座偉大城邦之一。
Noldoli, later Noldor	諾多族	由芬威領導，踏上偉大旅程的第二支埃爾達宗族。
Oikeroi	歐伊克洛伊	泰維多手下一隻兇猛好戰的貓，被胡安所殺。
Orodreth	歐洛德瑞斯 （歐洛佳斯）	費拉貢德的弟弟。費拉貢德死後，繼任為納國斯隆德的王。
Oromë	歐洛米 （歐羅米）	被稱為「獵神」的維拉，騎馬引導埃爾達的大隊人馬踏上偉大旅程。
Ossiriand	歐西里安德 （歐西瑞安）	「七河之地」。七河指的是蓋理安省與它從藍色山脈流下的支流。

Outer Lands	域外之地 （外地）	中洲。
Palisor	帕利索爾	位於大地的一片地區，精靈在此甦醒。
Rathlorion	拉斯羅里安	歐西里安德的河流。見 Ascar。
Ringil	凜吉爾 （璘及爾）	芬國昐的寶劍。
Rivil	瑞微爾溪 （瑞微爾河）	發源於多松尼安西部，在托爾西里安島以北的色瑞赫沼澤注入西里安河的溪流。
Sarn Athrad	薩恩阿斯拉德 （薩恩渡口）	「碎石渡口」。通往藍色山脈中兩座矮人城邦的路在此與歐西里安德的阿斯卡河相交。
Serech	色瑞赫沼澤 （西瑞赫沼澤）	位於瑞微爾溪注入西里安河處的大沼澤。
Shadowy Mountains, Mountains of Shadow	黯影山脈 （黯影山脈／陰影山脈）	見 Iron Mountains。
Shadowy Seas	黯影海域	西方大海的一片海域。
Sickle of the Gods	諸神的鐮刀	指大熊星座（瓦爾妲將它設在北方的空中，作為對魔苟斯的威懾，預示他在劫難逃）。
Silmarils	精靈寶鑽	費艾諾所造的三顆偉大寶石，其中蘊藏著維林諾的雙聖樹的光輝。見第三一一三二頁。
Silpion	熙爾皮安 （希爾皮安）	維林諾的白樹，它的花朵滴出銀光露珠。又稱泰爾佩里安。

Sirion	西里安河 （西瑞安河）	貝烈里安德的大河，發源於黯影山脈，向南奔流。是東西貝烈里安德的界河。
Taniquetil	塔尼魁提爾 （泰尼魁提爾）	阿門洲的最高峰，曼威與瓦爾妲的居所。
Taurfuin, Taur-na-fuin, (later -nu-)	陶爾浮陰，陶爾—那—浮陰 （後改為陶爾—努—浮陰）	「暗夜籠罩的森林」。見 Mountains of Night。
Tavros	塔夫洛斯	「森林的主宰」，維拉歐洛米的諾姆族名稱。後改為「陶洛斯」Tauros。（在《精靈寶鑽》中，該名拼作「陶隆」Tauron。——譯者注）
Tevildo	泰維多	貓王，群貓之中最強大的，「體內住著一個邪惡的神靈」（見第二九頁，第四九頁）。魔苟斯的親密同伴之一。
Thangorodrim	桑戈洛錐姆 （安戈洛墜姆）	安格班上方的群山。
Thingol	辛葛 （庭葛）	阿塔諾爾（多瑞亞斯）之王，早期名叫廷威林特。（他曾是偉大旅程中第三支埃爾達宗族——泰勒瑞族的領導者。他名叫埃爾威，但在貝烈里安德，他以「灰袍」〔「辛葛」的含義〕之名廣為人知。）
Thirsty Plain	乾渴平原	見 Dor-na-Fauglith。
Thorondor	梭隆多 （索隆多）	眾鷹之王。
Thousand Caves	千石窟宮殿	即明霓國斯。廷威林特（辛葛）的隱匿宮殿，位於阿塔諾爾的埃斯加爾都因河旁。
Thû	夙巫	死靈法師，魔苟斯最強大的僕從，住在托爾西里安島上的精靈瞭望塔里。後來的名稱是索隆（Sauron）。
Thuringwethil	夙林格威希爾 （瑟林威西）	露西恩扮成蝙蝠模樣，面見魔苟斯時使用的名字。

Timbrenting	蒂姆布倫廷	塔尼魁提爾的古英語名稱。
Tinfang Warble	金嗓廷方	一位著名的吟游詩人（Tinfang 即昆雅語的「長笛手」timpinen）。
Tinúviel	緹努維爾（緹努維兒）	「微光的女兒」，即夜鶯。貝倫給露西恩取的名字。
Tinwelint	廷威林特	阿塔諾爾之王。後改為「辛葛」。見 Thingol。
Tirion	提力安（提理安）	位於阿門洲的精靈之城。見 Kôr。
Tol-in-Gaurhoth	托爾—因—皋惑斯（堝惑斯島）	「妖狼之島」。托爾西里安被魔苟斯攻占後改成的名稱。
Tol Sirion	托爾西里安	位於西里安河中的小島，島上曾建有精靈要塞。見 Tol-in-Gaurhoth。
Tulkas	托卡斯	在《諾多史》中形容為「諸神當中肢體最強壯，立下的英勇武績最多」的維拉。
Tuor	圖奧（圖爾）	圖林的堂弟，埃雅仁迪爾的父親。
Túrin	圖林	胡林與墨玟的兒子。又名「命運的主宰」圖倫拔。
Uinen	烏妮	一位邁雅（見 Ainur）。「諸海之後」，「她的長髮伸展遍及普天之下所有的海域」。露西恩在「增長魔咒」裡提到了她。
Ulmo	烏歐牟	「眾水的主宰」，司掌海洋的強大維拉。
Umboth-Muilin	烏姆波斯—穆伊林	微光沼澤，多瑞亞斯南邊的河流阿洛斯河在此流入西里安河。
Umuiyan	烏穆揚	一隻給泰維多守門的老貓。
Ungweliantë	烏格威立安提	（後改為「烏苟立安特」Ungoliant）住在埃如曼（見 Gilim）的大蜘蛛怪，與魔苟斯一起毀了維林諾的雙聖樹。

Valar	維拉	（單數形式為 Vala）「大能者」，在早期文稿中以「諸神」指代。他們是在時間之初進入世界的偉大生靈。（在《失落的傳說》之《愛努的大樂章》中，埃裡歐爾說：「我真想知道這些維拉是什麼人。他們是神嗎？」他得到的回答是這樣：「他們的確是神，不過關於他們，人類流傳著很多奇怪又混亂的故事，與真相相去甚遠。人類還用很多奇怪的名字稱呼他們，這些名字你在此地不會聽到。」）
Valier	維麗	（單數形式為 Valië）「維拉中的女王」。本書只提到了其中三位的名號，即瓦爾妲、瓦娜和奈莎。
Valinor	維林諾	位於阿門洲的維拉之地。
Valmar, Valimar	維爾瑪，維利瑪（沃瑪爾，維利瑪）	位於維林諾的維拉之城。
Vána	瓦娜（威娜）	歐洛米的配偶。見 Valier。
Varda	瓦爾妲	最偉大的維麗，曼威的配偶，群星的創造者（因此她得名「星辰之后」埃爾貝瑞絲）。
Vëannë	維安妮	《緹努維爾的傳說》的講述者。
Wingelot	汶基洛特	「水沫之花」。埃雅仁德爾的船。
Wizard`s Isle	巫師之島	即托爾西里安島。
Wood-elves（Woodland Elves）	森林精靈	指阿塔諾爾的精靈。

小說精選·托爾金作品集

貝倫與露西恩

2020年8月初版　定價：新臺幣390元
2023年6月初版第四刷

著者	J.R.R.Tolkien
編者	Christopher Tolkien
繪圖	Alan Lee
譯者	石中歌 杜蘊慈 鄧嘉宛
叢書編輯	黃榮慶
校對	黃彥霖
內文排版	極翔企業
封面設計	烏石設計

出版者	聯經出版事業股份有限公司
地址	新北市汐止區大同路一段369號1樓
叢書編輯電話	(02)86925588轉5307
台北聯經書房	台北市新生南路三段94號
電話	(02)23620308
郵政劃撥帳	戶第0100559-3號
郵撥電話	(02)23620308
印刷者	文聯彩色製版印刷有限公司
總經銷	聯合發行股份有限公司
發行所	新北市新店區寶橋路235巷6弄6號2樓
電話	(02)29178022

副總編輯	陳逸華
總編輯	涂豐恩
總經理	陳芝宇
社長	羅國俊
發行人	林載爵

行政院新聞局出版事業登記證局版臺業字第0130號

本書如有缺頁，破損，倒裝請寄回台北聯經書房更換。　ISBN 978-957-08-5571-5 (平裝)
電子信箱：linking@udngroup.com

Originally published in the English language by HarperCollins Publishers Ltd. under the title ***Beren and Luthien***

國家圖書館出版品預行編目資料

貝倫與露西恩/J.R.R.Tolkien著．Christopher Tolkien編．
Alan Lee繪圖．石中歌、杜蘊慈、鄧嘉宛譯．初版．新北市．
聯經．2020年8月352面．14.8×21公分（小說精選．托爾金作品集）
譯自：Beren and Lúthien.
ISBN　978-957-08-5571-5（平裝）
[2023年6月初版第四刷]

418.918　　109001617